たとえば、すぐりとおれの恋

はらだみずき

祥伝社文庫

たとえば、すぐりとおれの恋

目次

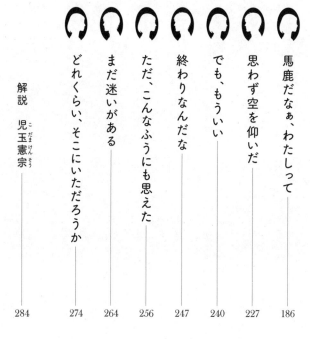

ここにいるよ

テーブルの上の白い紙ナプキンが飛ばされそうになったので、右手の指先でかるく押さえた。紙ナプキンは、だれかに会う約束でもあるかのように、中指と薬指のあいだでしばらく暴れ、やがてあきらめたようにシュンとなった。

「かんべんしてほしいよ、そういう男は――」

　春の陽光にまぶしそうな声を上げたのは、早紀《さき》だった。

　ひさしぶりに短大時代の仲間で集まったのは、葉桜の時節。場所は、千葉ポートタワー近くの小洒落《こじゃれ》たレストラン。ビュッフェスタイルのランチが人気らしく、十一時過ぎだというのに、すでに満席に近い。客のほとんどは女性。多くは子育てが一段落して、ある程度余裕のできた主婦のようだ。漆喰《しっくい》で統一された天井の高い店内は、女たちのしゃべり声が途切れることがなかった。

　天気もよく、わたしたち三人は海に面したテラス席を選んだ。お互い当分のあいだ結婚する予定のないことを確認し合い、「今日は食べよ！」と盛り上がる。シーフードを中心とした小皿料理でお腹を満たすと、さっそく別腹のスイーツにとりかかった。気心の知れた者同士の集まりは、やっぱり楽しい。

わたしは、ティラミス、パインジュレ、プリン、ガトーショコラ、レアチーズケーキ、クランベリーゼリー、イチゴショート、生チョコ、それにキャラメルマキアートを自分のトレイに集めてテーブルに運んだ。早紀と麻美《あさみ》も同じように、スイーツをふんだんに載せたトレイを両手にもどってきた。どれもキューブ型の小さなガラスの容器に入っているとはいえ、テーブルに並べると壮観で幸せな気分になる。

就職して四年目を迎えたわたしたちは、「一緒になるとしたら、こういうのだけはかんべんしてくれ」という男について、スイーツをつつきながら話し合った。

幹事役の早紀によれば、仲間のなかで唯一の既婚者である今日欠席した枝理《えり》が、早くも離婚の危機にさらされているという。電話で連絡を入れたら、夫の愚痴《ぐち》を延々と聞かされたらしい。

子供のいない専業主婦で、一番時間に余裕のありそうな枝理が来なかったのは正直意外だった。去年の六月の披露宴、ふたりのまばゆい笑顔をまざまざと思い出す。新郎はまじめそうな地方公務員。そんな枝理の夫の噂話《うわさ》を発端《ほったん》に、話題は「かんべんしてほしい男」になったというわけだ。

まずは早紀が「ケチな男」にダメ出しをし、麻美がすかさず「浮気する男」を挙げた。

なるほど、どちらもお断りしたい男の代表格にちがいない。

「言えてる、言えてる」

カチャカチャと銀色のスプーンで食器を鳴らしながら麻美がうなずく。

「だよねぇ」

早紀は小狡《こずる》い猫のように鼻梁《びりょう》に小じわを寄せた。

わたしはガトーショコラの表面を、フォークで斜め四十五度にこそげ落としては、舌の上に運んだ。わたしたちはこういうとき、けっして自分を省《かえり》みたりしない。あくまで語る対象は、今ここにいないだれかだ。

早紀は、「ケチな男」くらいつまらない動物はいない、と熱弁をふるった。青山《あおやま》にあるブライダル専門のプロデュース会社で働く彼女は、短大時代からグループのリーダー的存在。当時からなにか集まりがあれば幹事役をよく買って出た。目鼻立ちがはっきりしていて、化粧《けしょう》がうまく、ファッションのセンスがいい。今日も明るいベージュのパンツスーツを颯爽《さっそう》と着こなしている。

わたしは少し引き気味にうなずきながら、鮮やかなマリンブルーに映《は》えるプールの水面を眺めた。プールといっても、実際に泳ぐためのものではなく、あくまでレストランの演出用のレプリカにすぎない。植え込まれた芝生《しばふ》や椰子《やし》もそう。すべてはリゾート風な雰囲気を醸《かも》しだすための見せか<ruby>けなのだ。

遠くに見える本物の海は、よく晴れた青い空の色は映さずに、どんよりと深緑色に沈んでいる。まるでパレットで混ぜ込みすぎて使われない色みたいだ。

去年の夏、わたしは高萩草介《たかはぎそうすけ》と一緒にこの近くの海までドライブした。埋め立てられたあとに造られた人工渚《なぎさ》は、海水浴場の体裁《ていさい》をいちおう整え、親子連れの姿もあった。しかし草介は、「ここを海とは認めない。おれなら自分の子供をこんなインチキな場所で泳がせたりしない」と顔をしかめてみせた――。

「だってケチな男と一緒になったら、一生贅沢《ぜいたく》なんてできないよ。そういう男は、子供にだってお金をかけたくないがために、幼児虐待《ぎゃくたい》に手を染めたっておかしくない」

早紀の話は、「ケチな男」がいかにやっかいであり、危険を孕《はら》んでいるかにまで飛躍しはじめた。

そんな早紀の恋人は、三つ年上で、広告代理店に勤《つと》めているらしい。「まったりしてるけど、気をつかわなくてすむから楽なんだよね」と話していた。さぞや年収も高く、おいしいものをご馳走《ちそう》してくれるのだろう。

地元のホームセンターに勤める麻美には、逆に三つ年下の学生の彼氏がいる。頼りない面もあるけれど、一途《いちず》なところが健気《けなげ》でかわいいとのこと。麻美のことが気になってしかたないらしい。今日の集まりについても根掘り葉掘り訊《き》かれたと、幸せそうに話していた。

「ところで、すぐりは、どうなのよ？」

ぼうっとプールを眺めていたら、声がかかった。「かんべんしてほしい男」の話が、まだ続いているようだ。

「すぐりだっているでしょ？　そういう男」

早紀が流し目を送ってきたので、ガトーショコラを削るフォークの手を休めた。しかたなくさっきから頭の片隅《かたすみ》に浮かんでいた言葉を口にすることにした。

「わたしが、かんべんしてほしい男は……」

いったん言葉を切り、キャラメルマキアートのカップに唇を寄せる。身を乗り出すようにして、早紀と麻美がこたえを待っていた。

「――消える男」

わたしは自分の恋人である高萩草介を思い浮かべていた。

「え？」

細く描いた眉をひそめて早紀がすばやく反応した。

「なにそれ、どういうこと？」

麻美の笑みが引きつっている。

「――なんて、じょうだん」

ハハッと笑うと、「まったく、すぐりは」と早紀が髪をかき上げ、「透明人間かよ」と麻美が笑った。

「でもさぁ、完璧《かんぺき》な男なんていないない」

ぽつりと早紀がつぶやいた。

わたしの知り合いの女のなかでは、早紀の恋愛遍歴は群を抜いている。意味があるかは別として、カテゴライズされる数多《あまた》の恋愛を経験してきた。たとえば、同棲《どうせい》、遠距離、略奪、社内、二股、不倫……などなど。そんな彼女だから、経験を踏《ふ》まえての発言にちがいない。

海からの風が不意に強くなり、プールの向こうにある椰子の葉がざわめいた。テーブルの上の白い紙ナプキンが再び踊り出し、咄嗟《とっさ》に右手をのばした。中指の先でなんとか押さえたつもりが、するりと逃げられてしまった。

——あっ。

と心のなかで声を漏らしたとき、宙に舞った。

早紀と麻美も同時に顔を上げ、ころげるように飛んでいく白い紙ナプキンを目で追った。白い紙ナプキンは、さざなみの立つマリンブルーのプールサイドに降り立つと、そこでだれかを待つように動かなくなった。

黒い布を腰に巻きつけた若いウエイターが気づいたらしく、すぐに新しいナプキンを持ってきてくれた。女たちはウエイターの顔に一斉に視線を送り、無言で眺め、なにげなく目をそらした。まだ十代にも見える日に焼けた若者は、きれいに折られたナプキンの上に、きらきら光る銀色の小さな文鎮を載せてくれた。

目が合った早紀の瞳がささやいた。「なかなかいい男じゃない」

食事の会計を済ませ、早紀とは出口で別れ、駐車場に向かった。早紀はこのあと、この店のホールを借り切ってのウエディングプランについてマネージャーと打ち合わせをするそうだ。

「でもさ、枝理はどうしてダンナとうまくいってないわけ？」

わたしは車を運転しながら言った。

「だれにも言わないでよ」と前置きして、助手席の麻美が教えてくれた。「枝理のダンナって、ああ見えても独身時代に女の子の付く店によく飲みに行ってたらしい。ひとりで寂《さび》しいときに、そういう店へ行く習性のある男っているんだよ。日本人だけじゃなく、フィリピンや中国や韓国なんかの女の人も揃《そろ》っているような店。枝理のダンナは、枝理と付き合う前にそういうたぐいの店に行っちゃあ、散財してたんだって。そういう遊びでできた借金が、百万円近くあることがバレたってわけ」

「うわっ、そうなんだ」

「馬鹿だよね、男って」

麻美はそっけなかった。

「なにがおもしろいのかな」

「とくにフィリピンパブが、お気に入りだったらしいよ。枝理にはフィリピーナみたいな陽気さがないから、今後も遊びに行く可能性高いんじゃない」

そういう男もかんべんしてほしいと思いながら、わたしは言った。「でも枝理は、どうして結婚前に、そのことに気づかなかったのかな？」

「どうだろう。ほら、枝理のところは付き合って一年くらいで結婚したでしょ。だからダンナのこと、あまり把握《はあく》してなかったんじゃない」

麻美は簡単に言うが、それはある意味怖い気がした。わかり合えていない人と一緒になるなんて、わたしにはできない。自分が選んで一緒になった人を悪く言う枝理の気持ちも、理解に苦しむ。自分の愚《おろ》かさまでも言いふらしているようなものだ。

「ところで、その後、彼氏とはうまくいってる？」

地元出身の麻美は、草介のことを知っている。わたしも麻美の彼氏のアキオ君には会ったことがある。

「続いてるよ」

わたしは、そうこたえるにとどめた。

「すぐりたちは、付き合い長いよね」

「まあね」

「何年になるっけ？」

「もうすぐ三年」

「三年も付き合えば、お互いのこと、よくわかってるでしょ」

麻美は今の彼氏とはまだ交際歴が浅かった。

「どうかなぁ」

交差点の信号が黄色に変わり、ブレーキを踏む。たしかにわたしは草介のことを、いろいろと知った。たとえば、草介がやけに時間に細かいことや、子供みたいに常夜灯の黄色いベビー電球を点《つ》けて眠ることや、左の臀部《でんぶ》に小さな菱形《ひしがた》をした痣《あざ》があることなんか……。でも、知らないことも、きっとまだまだある。

人は、人を理解するために、どれくらいの時間が必要なのだろう。なにを知れば、その人とわかり合えたといえるのだろう。舌の上で生チョコをころがすように、ぼんやりと考えた。

――「プッ！」

後ろで短いクラクションが鳴った。

信号がいつのまにか青に変わっている。あわててアクセルを踏み込むと、助手席の麻美が大袈裟《おおげさ》にのけぞった。

「ゴメン」

わたしは言ってみた。「だけど、人って変わるでしょ？」

「変わらないよー」

麻美は笑って語尾《ごび》を伸ばした。「変われないから、困るんじゃーん」

「そうなのかなぁ」

「そりゃあそうだよ」

「ところで、アキオ君は元気？」

「まあね。元気だけが取り柄《え》みたいなやつだから、一緒にいると暑苦しいくらいだよ」

「へぇー」

ケタケタと笑ってみせた。

「なによ、その笑い？」

「仲がよくて、うらやましいってこと」

「まったくね、たまには本気で喧嘩《けんか》くらいしたいよ」

麻美はホッペタをだらしなくゆるめた。

わたしは千葉市に家族と暮らしている。青森県出身の会社員の父、北海道出身の教員の母、それに父方の祖母の四人家族。向井《むかい》家のひとりっ子であるわたしは、小さい頃からおばあちゃん子だった。

「すぐり」という名は、生まれたときに唇がとても赤く、赤すぐりの甘酸っぱい実の色にそっくりだったからだと、名前の由来を両親から聞かされた。北国育ちの人には、すぐりは親しみのある木なのだそうだ。

赤すぐりはユキノシタ科の耐寒性落葉低木で、レッドカーラントと呼ばれ、初夏に赤いピカピカの果実を実らせる。果実は生で食べると飛び上がるほど酸っぱく、また渋みも残る。だからジャムにしたり、ジュースにしたりするらしい。残念ながらわたしは、図鑑の写真でしかすぐりを見たことがない。ちなみに黒すぐりは、カシスのことだ。

たしかに今でもわたしの唇は、人より赤い。すぼめているわけではないのに、わずかにつんと上を向いている。古風な顔立ちのなかで、そこだけ目立っている。薄い眉に、一重《ひとえ》まぶた。肩までの髪は黒く、耳は小さい。頤《おとがい》は少女のように小ぶりだ。高校卒業まで垢抜《あかぬ》けない赤いフレームのメガネをいつもかけていたせいか、ほとんど男には縁がなかった。

そんなわたしが、高萩草介と出会ったのは、地元の保育園に就職して最初に迎えた夏のことだ。両親が就職祝いに買ってくれたココア色の小型自動車のハンドルを握って、その日も職場に向かっていた。運転には自信がないくせに、交通量の少ない裏道をわたしは好む。車が少なければ事故にも遭《あ》いにくい、そう信じているからだ。

くねくねと曲がる見通しの悪い道をいつものように走っていたら、運悪く対向車がやってきた。ちょうど幅員の狭い場所だったため、ハンドルを左に切って車を寄せようとしたそのとき、左の前輪を縁石にゴツンと乗り上げてしまった。びっくりしてハンドルを握ってかたまっていると、対向車は難なく通り過ぎて行ったのでホッとした。

しばらく走ってから、車の異常に気づいた。アスファルトの敷かれた道を走っているというのに、やけに揺れる。しかも同じリズムで揺れている。田んぼに囲まれた未舗装道路に出たとき、車を停めた。外に出てタイヤを確認したら、左の前輪の空気が抜けている。どうやらさっきのすれちがいの際に、やってしまったようだ。パンクは、はじめての経験だった。

あたりを見まわすと、こうべを垂《た》らした稲穂のみどりの海が広がっている。だれかに助けを求めたかったけれど、近くには傾いた案山子《かかし》くらいしか見当たらない。とりあえずケータイを手にしたものの、かけるべき相手が思いつかない。家に電話したところで、老いた祖母しかいない。両親は車を運転しないから役に立ちそうもない。

こういうピンチを救ってくれる人が、自分には存在しない。あらためて、そのことに気づかされた。

――わたしって、さびしい女かも。

ふと、思った。

車を置いて歩いて行こうにも、職場の保育園まではかなり距離がある。目の前の石ころを蹴飛ばして、ジャージのハーフパンツのお尻を車のボンネットに乗せた。太陽の熱がじんわりと伝わってきた。

――さて、どうしよう。

胸のうちでつぶやいたとき、砂埃《すなぼこり》を巻き上げながら、前から白い軽自動車がやってきた。見る見るうちに近づいてくる。車を運転しているのは若い男だ。運転席の窓から肘《ひじ》を出し、片手でハンドルを握っている。

人通りのない場所だけに、見ず知らずの男に助けを求めるのは躊躇《ちゆうちよ》した。そのままやり過ごすつもりだったが、軽自動車のボンネットに派手なピンク色で「さくらネット」とペイントされた文字が見えた。「さくらネット」は地元のケーブルテレビ会社で、我が家のテレビとインターネットもこの会社のサービスを利用している。

わたしの頭に名案が浮かんだ。「さくらネット」は地元密着型の企業であることを謳《うた》い文句にしている。自分が顧客のひとりであることを伝えれば、なにかしら助けてくれるのではないか。まさか客に手を出したりはしないだろう。

とっさに腕を組んでいかにも困っているふりをすることにした。

すれちがうときに、車のスピードが落ち、たしかに男と目が合った。これは声をかけてくれる。そう確信したのに、車はそのまま通りすぎてしまった。

「すいませーん」と叫んだ。

テールランプが赤く点《とも》り、窓から男が顔を出した。まぶしいのか、眉間《みけん》にしわを寄せている。あまりフレンドリーな感じではなかった。

「パンクしちゃったみたいで」

わたしは無理に笑顔をつくってみせた。

「あ、そうなんだ」

男は眠たげな声で言うと、顔を引っ込め、再び走りだした。

──おい、契約取り消すぞ！

にらみつけたら、車は少し広くなっている道路の左に寄って停まった。無視されたわけではないとわかり、ホッとした。サイドブレーキを「ギャッ」とかける乱暴な音が聞こえ、続いてドアが開いた。

出てきたのは、白いワイシャツにネクタイを締めた同世代らしき男。意外にも顔は端整《たんせい》なつくりで、痩《や》せている。

「じゃふ、呼んだらどうですか？」

男は言った。

「じゃ、じゃふ？」

「JAF《ジエーエーエフ》。えーと、Jはジャパン、Aはオートモービル？　Fは……えーと、フレンドシップだったっけ?」

小首をかしげる。「つまり、ロードサービス会社のことです。ほら、よくいるでしょ、車にキーを差し込んだままロックしちゃうまぬけなやつとか」

男は右手で髪を掻《か》きむしった。寝ぐせで後頭部の髪がちょろりんと、はね上がっている。ルックスは悪くないが、どこか神経質そうでもあった。

「いえ、知らないので、呼んでません」

わたしは唇をとがらせた。

男は「え?」という表情を浮かべた。

「じゃあ、どうするつもり?」

「どうすればいいですかね?」

訊き返すと、男も首をかしげた。

「あ、そうだ。『さくらネット』さんですよね。うち、おたくの会社で、テレビとかインターネットとか使ってます」

言ってみた。

「へぇー、そうなんだ」

男はめずらしい動物でも見るようにわたしに視線を置いた。

相手が客だからと急に態度を変えるのもどうかと思うが、客に対してタメ口を使う社員というのもどうなんだろうと思い、ちょっとムッとした。黙っているので、「とりあえず、見てもらえますか?」と愛想笑いを浮かべて頼むと、「いいっすよ」とこたえた。今度は拍子《ひょうし》抜けするくらい、あっさり引き受けてくれた。

わたしはケータイを握りしめ、少し距離を置いて見守ることにした。

男は車のトランクを開け、なかをのぞき込んだ。紺地《こんじ》にちいさな白の水玉模様のネクタイが、顔の近くで揺れている。髭《ひげ》は濃くなく、つるんとした肌をしている。

不意に男が顔を上げたので、ドキッとした。

「それじゃあ、予備のタイヤと交換しますか?」

一歩あとずさったわたしに、男は言った。

「すいません、あいにく予備のタイヤは持ち合わせてないもので」とわたしはこたえた。

するとまた例の珍獣でも見るような目付きになった。

男はなぜだか車体の下をのぞき込んだあと、黙ったまま車のトランクの荷物を地面に降ろしはじめた。折りたたみ式のレジャーテーブル、同じく椅子《いす》、パラソル、バドミントンのセット、虫捕り網、プラスチックの小さな水槽、スケッチブックと画板、指人形のオオカミと子ヤギ……。

いったいなにをするつもりだろう。男は指人形を両手にはめて、首をかしげた。わたしは見て見ぬふりをした。

あらかたの荷物を降ろすと、男はマジックテープを剝《は》がして、トランクに敷いてある黒いシートを取り外してしまった。すると驚いたことに、その下の凹《へこ》みにタイヤがあった。

「えっ」

思わず言葉が口を衝《つ》いた。「だれがそんなところにタイヤを隠したんだろ！」

男はうんざりしたような表情を浮かべた。

「あのね、どんな車にでも、スペアタイヤはどこかしらに格納されているもんですよ」

声にかるい軽蔑《けいべつ》がにじんでいた。

それから、これまた車のどこからかジャッキを見つけ出してきた。他人の車なのに、まるでどこになにが隠されているか知っているみたいだ。

「さーてと」とつぶやき、本格的にタイヤの交換をはじめた。

わたしはケータイで保育園に連絡を入れ、遅れる旨《むね》を伝えた。電話に出たのが園長ではなく、同僚だったのでホッとした。車のタイヤがパンクしたので、スペアタイヤに交換して向かいます、とだけ言った。「できるの？」と心配されたので、「ええ、なんとか」とごまかした。

黙々とひとりタイヤと格闘をはじめた男の様子をうかがった。ジャッキをまわして車体を持ち上げるときに、男の顎《あご》の筋肉が引き締まった。見ているわたしの顔にも力が入ってしまった。鬱陶《うっとう》しそうに男が前髪をふった。なぜだかわたしも頭がかゆくなった。男がふーっと息を吐いた。わたしも聞こえないようにため息をもらした。

自然のままのきりっとした眉。切れ長の憂《うれ》いを帯《お》びた瞳。ややこけた頬。耳の裏側からじりじりと頬を伝って流れる汗をじっと見つめている自分に気づき、あわてて目をそらした。

水色の胴体をしたトンボが、緑色の稲穂の波の上を渡って、近くのヒメジョオンの花にとまった。手持ちぶさたなわたしは、トンボに向かって人差し指をぐるぐるまわしてみた。トンボは動かずに指先を見て、複眼をくりくり動かしている。タイミングを計って、パッと手をのばしたが、やすやすと逃げられてしまった。

「ちぇっ」と舌打ちをして、車のほうをうかがうと、男と目が合った。

男の口元が微《かす》かにゆるんだ。

頬が熱くなった。

田んぼの向こうの林で蟬《せみ》が鳴いている。トンボの逃げたヒメジョオンの緑色の茎《くき》を赤いテントウムシが足早にのぼっていく。ナナホシテントウはてっぺんの白い花までのぼると、真ん中の黄色い膨《ふく》らみに乗り、パカリと羽を開いて飛んでいった。その行方《ゆくえ》を追って、青く晴れ渡った夏空を見上げた。お盆を過ぎてしまったけれど、絶好の海水浴日和《びより》だ。

わたしは白いTシャツから出ている小麦色の自分の腕を見つめた。園児たちとの外遊びで見事に日に焼けている。今年も海に泳ぎには行ってなかった。

――だれかと海に行きたいな。

そう思った。

「いいですか？」

声をかけられ、びくりとした。

地面に置かれていた荷物がすべてトランクに収められていた。どうやら作業が終わったようだ。

「左の前輪をスペアタイヤと交換しました。いちおうこれで走れます。だけど、あくまで応急処置です。必ず早めに正規のタイヤと交換してください」

鼻の頭に汗の粒を浮かべて男は言った。

水玉模様のネクタイの結び目に、黒い油のようなものが付いていた。おそらく作業中に汚したのだ。そのことを詫《わ》びたかったけれど、口に出せなかった。

「ほんと助かりました、ありがとうございます」

わたしが頭を下げると、男は照れくさそうに右手をふった。それからいったん軽自動車にもどって、なにかを持って来た。

「いちおう、キャンペーンのお知らせです」

男は詳しい説明などはせずに差し出した。

さすがは営業マンだなと感心した。

「さくらネット」ではインターネット電話のサービスもはじめたらしい。「最大二ヶ月無料!」と大書されたパンフレットには、ホッチキスで名刺が留められている。「さくらネット　営業部　高萩草介」と名刺には印刷されていた。会社の住所と電話番号のほかに、業務用携帯電話の番号も記載されている。

わたしは名刺を持ち歩いていないので、「この先にある『なのはな保育園』で働いている、保育士の向井すぐりといいます」と名乗った。

「なんだ、保母さんだったのか」

男は言うと、なぜだか口元をゆるめた。

――なにがおかしいわけ。

思ったが顔には出さないようにした。

「なにかあったら、連絡してください」

男は笑みを浮かべた。それは単なる営業用のスマイルのようにも見えた。

手品のようにタイヤや工具を取り出し、手際《てぎわ》よくタイヤを交換してくれた高萩草介には好感を持った。どこかそっけないところもあるものの、必要以上になれなれしくないところがいい。少年の面影《おもかげ》を残したような顔の造作は、かなり好みと言えた。なによりわたしにとって彼は、ピンチを救ってくれた恩人だ。

「それじゃあ、気をつけて」

汗の浮いたワイシャツの背中を向け、草介は車に乗り込んだ。

出発するときに、「プッ」と間の抜けたクラクションが鳴った。

わたしは、砂埃を上げながら走っていく白い軽自動車が見えなくなるまで見送った。


それから約一ヶ月のあいだ、わたしの車の左の前輪は、黄色いホイールの細身のスペアタイヤのままだった。保育園の駐車場に停まっているわたしの車を見た保護者に、「タイヤ、早く交換したほうがいいですよ」と忠告されたりもした。でも、「ええ、そろそろ」などと曖昧《あいまい》にかわしていた。

忙しさにかまけて、ほうっておいたわけじゃない。左の前輪のタイヤをそのままにしておきたい気持ちが、心のどこかにあった。

黄色いホイールのタイヤはよく目立つ。

――わたしは、ここにいるよ。

ハンドルを握っていると、そんな気分になった。


その日、保育園の帰りに郊外のショッピングモールに寄った。保育士の仕事は早番の日には四時半に終わる。そんな早い時間にまっすぐ家に帰ったところで退屈でしかない。かといって、同じ時刻に遊ぶ相手がいるわけでもない。時間を潰すためによく道草をする。目的もなく百円ショップをのぞいたあと、ショッピングモールのなかをぶらぶらしていたら、紳士服売り場のネクタイが目にとまった。暇だったので、記憶に残っている高萩草介がしていたネクタイと同じ柄《がら》のものを探しはじめた。

いくつかの店のネクタイ売り場をまわり、とても似ているネクタイを見つけた。濃紺に白の水玉模様。よっぽど買おうかと思ったけれど、陳列ケースにそっともどした。わたしはネクタイを使わない。部屋に吊《つる》したところで虚《むな》しすぎる。

ため息をつき、売り場を離れた。

長い時間ネクタイを見ていたら、お腹がすいた。一階のフードコートでタコ焼きをテイクアウトした。近くには小さな子どもを連れた親の姿もある。ここでひとりで食べているところを保護者に目撃されでもしたら、あとでなにを言われるかわからない。だから駐車場の車のなかで食べることにした。

車にもどって座席に着くと、助手席のグローブボックスに手をのばした。「さくらネットト」のパンフレットは、すでに何度も開いたり閉じたりしているため、折り目が切れそうになっている。名刺のホッチキスも取れかかっている。業務用携帯電話の番号に、何度かけようと思ったことか。あの日、高萩草介は、「なにかあったら、連絡してください」と言った。「なにかあったら」に、「会いたくなったら」も含まれるのだろうか。

タコ焼きはあっという間に食べ終えてしまった。ここのタコ焼きは、表面がカリカリでかなりおいしい。気の抜けたため息をつき、エンジンをかけ、車で家に向かった。

途中、押しボタン式の赤信号につかまった。けれど横断歩道を渡ろうとする人は見当たらない。

「イタズラかよ」

声に出し、ラジオでも聞こうかと手を伸ばした。

そのとき、「プッ」とクラクションの音が聞こえた。どこか間の抜けた聞き覚えのある音色だ。

バックミラーをのぞくと、白い軽自動車が映っていた。ボンネットには、ピンク色の「さくらネット」の文字。運転席にあの男が座っている。

小学生の頃に障害物競走の網のなかに夢中で飛び込んだときのように、心臓が高鳴った。信号が青に変わる。どうしよう。

このまま走り出して家に向かえば、もう会えないかもしれない。

とっさに左のウインカーを点滅させ、横断歩道の先で車を左に寄せて止まった。

彼はどうするだろう。

行ってしまえば、それまでだ。

おそるおそるバックミラーをのぞくと、白い軽自動車が両側の黄色いランプをチカチカさせ、ピタリと後ろにつけるように停まった。

軽自動車のドアが開き、あいつが降りてきた。

ハッと気づき、「さくらネット」のパンフレットをお尻の下に隠した。すばやくバックミラーを自分のほうに向け、ニッと歯をむき出した。——だいじょうぶ、タコ焼きの青のりはついていない。シートベルトを外したが、からだがうまく動かなかった。

コンコン、と助手席の窓がノックされた。

あの男が顔をのぞかせている。

リモコンを操作して助手席の窓を下げたら、「だめじゃない」と高萩草介は開口一番わたしを叱《しか》った。

妙にまじめくさっているその顔がおかしかった。なにを言いたいのかは、わかっていた。でも、また会えたことがうれしくて、頬がゆるんでしかたなかった。

「どうして、タイヤを交換しないんですか」

にらむようにこっちを見た。

わたしはあの日と同じせりふを使った。「どうすればいいですかね？」

草介は呆《あき》れた表情をつくったあと、「じゃあ、おれのあとについてきて」と言った。

わたしは素直にうなずいた。そんなふうに男の人に言われたのは、はじめてだった。

草介の運転する白い軽自動車が右にウインカーを出してわたしの車を追い越していく。

同じようにウインカーを点滅させ、そのあとに続いた。いったいどこへ連れていってくれるのだろう。天気がいいので、あの日と同じように海にでも行きたい気分になった。

到着したのは、カー用品店。店に入ると、草介がタイヤを選んでくれた。お店の人にタイヤを交換してもらうあいだ、待合室のような場所で無料サービスのコーヒーを一緒に飲んだ。

「また、助けられちゃいましたね」

わたしはクスッと笑った。「ありがとうございます。お客さんには、いつもこんなに親切なんですか？」

草介はムスッとした顔でしばらく考え、「そうしたいと思ってるけど、おれ、営業に向いてないんだよね」とこたえ、困ったような表情で笑った。

不器用そうなその笑顔に心を惹《ひ》かれた。どこか冷《さ》めたような彼の顔が、屈託《くったく》なく笑う瞬間を見てみたくなった。できることなら、自分が笑わせてあげたい。そう思った。

その夜、家族で夕食を食べているときに、「さくらネット」のインターネット電話サービスについて熱心に両親に勧《すす》めた。二人は「安くなるならいいんじゃない」と、その提案を了承してくれた。

翌日、草介のケータイに電話をかけて、その旨を伝えた。詳しい説明を聞かせてもらうために、会う約束をした。草介はとても喜んでくれた。わたしは約束の場所に指定されたチェーン系レストランに行く前に、ショッピングモールに寄った。あの濃紺に白の水玉模様のネクタイは売れずに残っていた。

「プレゼントですか？」

レジで訊かれたので、「そうです」とこたえた。

お店の人がきれいにラッピングして、赤い薔薇《ばら》のリボンまで付けてくれた。そのあいだ、なぜだかひどく緊張した。ネクタイを男の人に贈《おく》るのは、短大時代の「父の日」以来だ。

「このあいだ、助けてもらったお礼です」

わたしがネクタイの包みを両手で差し出すと、草介はひどく恐縮《きようしゆく》していた。白いワイシャツには、あの日と同じ、黒い汚れの付いてしまったネクタイを締めていた。でも、そのネクタイは、わたしが選んだものとは色合いや水玉の大きさが、かなりちがっていた。そっくりだと思って買ったのに。

人間の目なんていい加減なものだ。ちゃんと見ているようで、見えてなんかいない。

その日を境に、わたしたちは親しくなっていった。平日、仕事が終わってから、お茶を飲んだり、食事をしたりした。草介は車を持っていなかったので、いつもわたしの車を移動手段として使った。

　会えばお互い仕事の愚痴を言い合った。草介とわたしは同じ歳。地元出身者ならではの話題を掘り起こしていくと、思いがけず通じ合うものがあった。世界って狭いな、とあらためて思った。意外にも草介は、短大時代のわたしの友人、志摩《しま》麻美と同じ中学校に通っていたこともわかった。


「次の恋愛は、これまでの恋愛によって決まる」

　そう言ったのは、早紀だ。

　早紀によれば、恋愛経験が浅いうちは、些細《ささい》なことに過敏に反応したり、判断を誤ったりするケースがよくあるものらしい。だから長続きしない。

　だとすれば、恋愛経験の浅い者同士の恋ほど、もどかしいものはないということになる。

「ほら、育児でも言うじゃない。一人目より、二人目のほうが楽だって」

　子供もいないくせに、早紀はたとえた。

　では、経験を積めば、恋愛もことがうまく運ぶようになるのだろうか。

「だからね、そこなのよ。別れを繰り返すと男を見る目が養われる、なんて雑誌に書いてあるけど、あんなの気休め。余計に臆病《おくびょう》になるだけ。でもね、これだけは言える。今の恋愛は、前の恋愛の影響を必ず受けているってこと」と早紀は言った。

最初に異性を意識したのは、小学五年生のときだ。

わたしがこの街に引っ越してきて同じクラスになったN君。学級委員長だったN君は、とても親切で、なにかと世話を焼いてくれた。だからN君を好きになった。N君もわたしに好意を抱いているような気がした。

新しい校舎にも慣れてきた頃、クラスでわたしに対するイジメがはじまった。だれが言いはじめたのか、わたしの唇が赤くて気持ち悪いというのが理由だ。まったく思いがけない言いがかりに怒りさえ覚えた。自分の名前の由来でもある唇を揶揄《やゆ》され、ひどく落ち込んだ。わたしの自尊心を傷つけるそれ以上の方法はない。まるで存在までも否定されたような気分になった。

多くは男子によるものだったが、女子のなかにも陰《かげ》で言う者はいた。学級委員長であるN君の迅速《じんそく》且《か》つ断固たる行動をわたしは期待した。でも、N君はわたしを守ろうとはしなかった。わたしがイジメられているときに、見て見ぬふりをして横を通り過ぎた。助けられないまでも、なにか行動を起こしてほしかった。

幸いイジメは長くは続かなかった。N君はわたしに声をかけなくなり、疎遠《そえん》になった。

そのとき思った。N君のような人を、わたしはもう好きにならない。うわべだけのやさしさに、だまされたりしない。

中学生のとき、好きな人ができた。憧《あこが》れといってもいい。相手は一学年上のS先輩。バスケットボール部のキャプテン。背が高くて成績優秀でハンサム。話したことなど一度もなかったけれど、バレンタインデーに、その他大勢と一緒にチョコレートを渡した。しかし、まったく相手にされず、ホワイトデーにはお返しすらもらえなかった。

その後、S先輩は同じ学年の女生徒と付き合いはじめた。美男美女のカップル誕生は学校中で話題となった。所詮は高嶺《たかね》の花だったのだと、あっさりあきらめた。今度好きになるなら、自分の器量に合った相手にするべきなのだろうな、と反省した。

はじめて男の子と付き合ったのは、高校三年のとき。相手は同じクラスのF。お互い帰宅部だった。髪をよこ分けにしたFは、クラスではあまり目立たないタイプの生徒だった。

通っていた高校は最寄《もよ》り駅からバス通学だったため、帰りは駅まで歩くカップルが多かった。わたしとFは教室ではお互いほとんど口をきかなかった。だから正味三十分ほどの駅までの下校時間が、ふたりきりで話せる貴重な時間といえた。

そのFとの貴重なはずの時間をわたしは楽しむことができなかった。最初のうちは黙ったまま並んで歩いている時間がひどく長く感じた。さすがにそれではマズイと思ったのか、Fは話題を提供するようになる。しかし会話はいっこうに弾《はず》まなかった。なんのために自分はこの人と並んで歩いているのだろう、と思うことがたびたびあった。

そもそもFの話はひどく退屈だった。雑学の本でも読んで、ネタを仕入れてきているような話題ばかり。

たとえば、年明けに一緒に下校したときのことだ。「きみの家では、七日に七草粥《ななくさがゆ》を食べるの?」と突然訊かれた。だから、「そんな習慣は我が家にはない」とわたしがこたえたら、Fはしばらく黙り込んだ。

百メートルくらい歩いた頃に、「ところで、七草を全部言える?」と今度はきたので、「せり、なずな、ごぎょう、はこべら、ほとけのざ」までこたえて、わたしはあとが続かなかった。さらにわたしたちは百メートルくらい進んだ。わたしは戸惑《とまど》った。驚いたことに、話はそれで終わってしまった。

「あとのふたつは、すずな、すずしろ、だろ」

と笑って教えてくれるわけでもない。

自分自身も「天然」とか「不思議ちゃん」と呼ばれることはあったが、Fの言動は腑《ふ》に落ちなかった。隣を歩くFの顔をうかがうと、なにやらほくそ笑んでいるように見えた。

いつも話は唐突にはじまり、唐突に終わる。その繰り返し。話題は事前に用意したようなものばかり。三流の俳優だって、もっとアドリブをきかせるだろうに。

用意した話題が尽《つ》きたら、たちまち無口になる。そうなると我慢《がまん》比べみたいに、ずっと黙ったまま駅まで歩く。

もともと一緒に帰ろうと声をかけてきたのは、Ｆのほうだった。わたしはなぜＦとなんか付き合うことにしたのだろう。好きだったわけじゃないのに。

「Ｆ君って、やさしそうだよね」

クラスメイトに言われたことがある。

たしかにＦと喧嘩をしたことなど一度もなかった。とても温和な人だった。でも、やさしさって、そういうことだろうか。人通りの少ない道をＦと一緒に歩いているとき、もし今ここに暴漢が現れたら、この人はどうするのだろう。守りきれないまでも、わたしを守ろうとするだろうか、と想像していた。

卒業式の前日、唐突に「別れたい」とＦに告《つ》げられた。わたしは心のなかで、「やられた」と叫んだ。自分が言い出す前に、先を越されてしまった。

「ごめんね」

泣きそうな顔でＦは謝った。

くやしかったけれど、黙ったままうなずくしかなかった。

もともとＦとは、付き合っているという実感も希薄《きはく》だった。夏のにわか雨のように短く、その雨が残した水溜《みずた》まりのように浅く、薄っぺらな関係で終わった。

Fは別れる際に、長い手紙をくれた。手紙ではずいぶんと饒舌《じょうぜつ》だった。誕生からこれまでの自分の人生を書き連《つら》ねていた。読んだあと、こういう人だったのかと思った。でも、今さらFについて知ったところでなんの役にも立たなかった。

手紙の最後に「とても好きでした。さようなら」と書いてあった。


「今度、釣りにでも行こうか？」

十月の半《なか》ばを過ぎた頃、食事のあとで草介に言われた。

思わずわたしはテーブルの下でガッツポーズをとった。

はじめてのデートの誘いまでに約二ヶ月を要した。「釣りに行こう」と男の人に誘われたことはなく、うれしかった。わたしは「行く。行きます」と即答した。

釣りの道具はすべて草介が用意し、草介がわたしの車を運転することになった。いつもわたしに運転させるのは悪いと思ったのだろう。ガソリン代も払うと申し出てくれた。草介は、早紀がダメ出しした「ケチな男」ではなかった。

行き先は小櫃《おびつ》川の河口。東京湾だけれど、そこにはまだ干潟《ひがた》が残っているのだと草介はやけに熱っぽく語った。

車は小さな漁港の隅に停めた。たくさんの荷物を両手に抱えた草介は、ずんずんと葦《あし》の生《は》えた湿地を歩いて行く。おろしたてのわたしの白いスニーカーは、たちまち泥《どろ》の水玉模様に変わってしまい、泣きたくなった。

迷った挙《あ》げ句《く》、釣り場所を決めた草介は、小型のテントを手早く建て、そのなかに荷物を放り込み、釣りの準備をはじめた。

「疲れたら、このテントで休めばいいから」

そう言ってくれた。

わたしはコールマンの折りたたみ椅子に腰かけ、景色を眺めた。前には川が流れ、少し先には遠浅の海が広がっている。鼻から空気を吸うと、潮《しお》の匂いというより、微《かす》かな泥の匂いがした。高い青空には、筆で刷《は》いたような薄い雲が群れて浮かんでいる。白い海鳥がピャーピャーと鳴きながら沖のほうへ飛んでいく。ぷつぷつと泡を吹くカニが、葦の陰をゆっくりと横歩きをしながら、こちらを見ていた。

草介はリールを装着した竿《さお》の小さい丸いガイドに、眉間にしわを寄せ、慎重にラインを通していく。そんな表情を見ているだけでわたしは楽しかった。また、新たな草介の一面を見られるとわくわくした。

二本の竿の準備を終えると、「すぐりさんもやってみれば」と言われた。

リール竿など使ったことはないし、ゴカイと呼ばれる薄気味悪い餌《えさ》など触るのはごめんだ。餌をつけてもらい、仕掛けを川に投げ込んでもらってから、竿を受け取った。

「いいかい、糸を常に張った状態にして、リールを少しずつ巻いてくるんだ。魚信《ぎょしん》があったら、竿先を立てるようにして、ゆっくり同じ速度でリールを巻けばいい」

「魚信って?」

「魚のアタリのことだよ。えーと、魚が餌に食いついた信号」

「どんな感じ?」

「うーんと、ブルブルッて感じかな」

草介は頭を左右にふってみせた。

「わかった」

わたしはおっかなびっくり竿を握った。

しかし、ものの一分もたたないうちに、竿先がブルブルッと震えた。

「――あれ?」

「え、もうきた?」

「なんだか、きたかも……」

「じゃあ、糸をゆるめないようにしてリールを巻いてみて」

草介は自分の作業の手を止めて、見てくれた。

リールを巻くと少しだけ重たい気がする。生命の震えだろうか、抵抗のような手応えを手のひらに感じた。竿を手にしたまま川のそばに寄ると、水面に浮き上がった仕掛けが見えてきた。

「付いてる、付いてる。幸先《さいさき》いいぞ」

草介がうれしそうな声を出した。

リールを仕掛けの手前まで巻き上げたら、竿を立てた。飴《あめ》色の十センチほどの魚がぶら下がっている。

「なに、これ？」

「ハゼだよ」

草介は素手《すで》で魚をつかみ、くいっと指を返して針を外した。折りたたみ式のバケツを開き、川の水をくみ、そこに釣ったばかりのハゼをポチャンと落とした。

わたしはしゃがんでバケツのなかのハゼを見た。ハゼはとても愛嬌《あいきょう》のある顔をしている。保育園の子供向けの図鑑で見たことがあるような気がした。

「なんだかこの魚、ムツゴロウに似てない？」

思い出したので言ってみた。

「そうそう、よく知ってるじゃん。ムツゴロウはハゼ科の魚だから仲間だよ」

「これって、食べられるの？」

「もちろん」

「でも、魚屋さんでは見かけない顔だよね」

「そうだね、釣らなければ食べられないかも。そういう意味では貴重品。白身で抜群にうまい」

釣ったハゼは元気にバケツのなかで泳いでいた。

「おーっ、こっちにもきたぞ」

釣りをはじめた草介がシャリシャリと銀色のリールをまわしながら、楽しげに声を上げた。わたしのよりも大きなハゼを釣った。

それからわたしも何匹かハゼを釣った。草介は携帯用のバーナーを使ってステンレスのコッヘルにお湯を沸《わ》かし、熱いコーヒーを淹《い》れてくれた。まわりにはだれもいない。いるのは鳥や昆虫やカニぐらいだ。こんなに広い場所でふたりだけでコーヒーを飲んでいるのが、とても贅沢な気がした。

わたしが地面に園児の顔を枯れ枝で描き出すと、「なんだよ、もう飽《あ》きちゃったの？」と草介に言われた。わたしは釣りをしなくてもじゅうぶんに楽しかった。コウタに、ヨシキに、ミサトに、マミ。自分のクラスの子の顔を思い出した。保育園で働き出して一年目。まだまだ慣れないことも多いが、子供たちはとてもかわいい。思った以上にからだを使うキツイ仕事だけれど、やりがいを感じてもいた。

昼時になったので、朝の五時に起きて作った弁当をレジャーシートの上に広げた。作ったおかずはひとつずつ紹介させてもらった。シラス干し入りの厚焼き卵、酢漬けニンジンと角切りチーズの海苔《のり》巻き、冷めてもカリカリな鶏のから揚げ、うずらの卵のカレー粉煮、細切りパプリカの牛肉巻、ただのプチトマト。梅干し、シャケ、たらこの定番おにぎり三種。

「色とりどりで、にぎやかだね。おれの弁当って、いつも地味だったからな」

「そうだったんだ」

「うん。リンゴのウサギとか、ウインナーのタコとかに憧れてたもん」

草介はカレー粉で染めたウズラの卵をしげしげと眺めながら言った。

保育園の遠足のときもそうだけれど、外で食べるお弁当はなぜだか絶対にいつもよりおいしい。同じ食べ物でも、食べる環境が変われば、おいしさまで変わる。だとすれば、家のなかでダイニングとは大切な場所だと言える。そのときの気分によって、食べ物の味は微妙に変わるのだから。

草介は遠慮《えんりょ》しないでわたしの手料理を食べた。よく食べる人がわたしは好きだ。元気な子は残さずになんでもモリモリ食べる。草介の食べる姿を見ていると、気持ちよかった。負けずにわたしもおにぎりをほおばった。お弁当は大好評だった。

午後三時を過ぎると、「そろそろ帰ろうか」と草介に声をかけられた。

指をさして数えたら、バケツのなかには三十八匹のハゼがいた。何匹かは口を開けたまま腹を横にして浮かんでいる。

「このハゼ、どうするの？」

なにげなく訊いたら、「持って帰って、食べるといいよ」と言われた。

「わたしが？」

ちょっとびっくりした。

「おれはね、釣った魚は食べる主義なんだ。逃がしたり、捨てて帰ったりはしない。食べられるものは、食べる」

草介は川のほうに顔を向けたまま言った。なんだか男らしく見えた。

少し迷ったけれど、いただくことにした。草介の言う釣った責任というか、命をとった者の務《つと》めについては、共感する部分もあった。帰りの車のなかで、草介はハゼの食べ方をとても熱心に教えてくれた。


家に帰って祖母の加世子《かよこ》さんにハゼを見せたところ、意外にも喜んでくれた。

「昔、おじいちゃんもよくハゼを釣ってきたもんよ。あの人は、自称太公望《たいこうぼう》だったから」

加世子さんは気持ちよさそうに笑った。

顔をしわくちゃにして笑う、そんな加世子さんが、わたしは好きだ。自分の唇はこの人によく似ている。

「へー、そうだったんだ」

「でも、すぐり、いったいこのハゼどうしたの？」

「釣ったの」

「だれが？」

「わたしと、わたしの……相棒が」

「へえー、すぐりには、素敵な相棒がいるのねぇ。じゃあ、さっそく一緒に料理しましょう」

　台所で加世子さんと一緒に三十八匹のハゼを下《お》ろすことになった。まずは加世子さんにお手本を見せてもらった。さすがに手慣れているようで、包丁の使い方に無駄がない。

　最初に細かい鱗《うろこ》を包丁で丁寧《ていねい》にこそげ取り、頭を斜《なな》めに切り落とし、腹を開いて内臓を洗い出す。深く背びれのほうまで切れ込みを入れる。そうすれば骨までうまく揚《あ》がる、と加世子さんは説明してくれた。

　要領がわかると、交代してやってみた。加世子さんに教えられ、小アジやイワシをさばいた経験がある。今日の相手はさらに小ぶりだが、一匹目はまずまずうまくいった。

「うわっ」と声を上げたのは、三匹目にかかろうとしたときだ。まな板の上で急にハゼが跳《は》ねたので、わたしまで飛び上がってしまった。

「おまえ、生きてたのか」

わたしがハゼに語りかけたとき、加世子さんがハゼの頭を包丁の背中でコツンとやった。ハゼは途端に動かなくなった。

腹を割くと、なかから餌にしたゴカイが出てくることもあり、ちょっとウッとなった。針を呑み込んでいたのが一匹いた。草介からその旨注意を受けていたため、驚かなかった。台所に干潟の匂いがした。

草介はハゼの天ぷらと言ったが、我が家では片栗粉をまぶして揚げる方法をとった。だから正しくは、ハゼのから揚げになった。味付けはかるく塩をふるだけ。はじめて食べたハゼの白身は、クセがなく、なんともいえないやさしい味がした。さすがは加世子さん、サクサクと骨まで上手に揚がっていた。

「懐かしい味ね」

加世子さんはうれしそうに赤い唇をすぼめた。

「うん、おいしい」

わたしもハフハフしながら食べた。

出先から帰った父と母もハゼのから揚げを喜んでくれた。ふたりはハゼをつまみにビールを飲んだ。

「今度ハゼを釣ったら、そのすぐりの相棒とやらを連れてきなさいよ」

母が目を細めて笑った。

後日、ハゼはから揚げにして家族でおいしく食べたと報告したら、草介はひどく喜んでくれた。

「そういう家庭で育ったすぐりさんは幸せ者だね」と言われた。

なにやってんだろ、おれ

おれが向井すぐりと出会ったのは、夏だった。

朝、出勤して、ホワイトボードに外回りの予定を書き込み、営業車に乗り込んだ。いつもより早く会社を出発したのは、提供するサービスエリアの最南端の地域を訪問するつもりだったからだ。

おれの勤める「さくらネット」は、電波障害の起こる地域を中心に、有線によるテレビサービスを提供することを主な業務としてスタートした。今では地域に根ざしたブロードバンドのリーディングカンパニーを目指している。その主力のサービスとは、言うまでもなくインターネットだ。

大学を中退した身で、就職氷河期のご時世に働き口を得たのはラッキーだった。すべてはタイミングだったのだと思う。その年、「さくらネット」は増資をし、サービス提供エリアを一挙に広げた。偶然、インターネットで中途採用情報を見つけて応募した。自信のない営業職だったけれど、地元出身ということもあってか採用された。仕事内容のメインは、サービス提供エリア内の顧客の発掘と獲得。要は一般家庭への訪問営業。いわゆる飛び込みなので成果はなかなか出ない。

その日も、窓を全開にして車で走っていた。すると田んぼのなかを走る農道に、車がぽつんと停まっていた。よく見れば、焦《こ》げ茶色のボンネットに若い女がちょこんと座っている。白いTシャツに膝丈《ひざたけ》くらいのパンツ姿。このあたりは人気《ひとけ》もなく、変質者がよく出るという噂もある。朝だとはいえ、なにやってんだ。そう思いながら、青い稲穂のなかの狭い一本道を進んだ。

女はこちらに気づいたのか、ボンネットから立ち上がり、急にせわしなく動きだした。腕を組んだり、小首をかしげたり、こっちを見たり、かなり挙動不審だ。

スピードを落としただけで横を通り過ぎた。車のなかには、ほかに人影はなかった。やはりひとりらしい。

すると、叫ぶ声が聞こえた。

バックミラーでたしかめると、女がタコ踊りのように両手をふっている。さらに挙動不審だ。

無視してそのまま行こうかと思ったが、会社の上司の口癖《くちぐせ》がよみがえった。「地域の人は、皆お客様」

小さく舌打ちをしてブレーキを踏んだ。窓からのぞくと、女が「パンクしちゃったみたいで」と声をかけてきた。学生だろうか、ずいぶんと若そうだ。高校生くらいにも見える。

「あ、そうなんだ」

思わず「地域の人は、皆お客様」の言葉を忘れて、タメ口をきいてしまった。

しかたなく少し先の広くなっているところに車を寄せて停めた。今月はまだ一件も新規の契約が取れていない。今日こそはと張り切っていたのに、この女のせいで、早くもスケジュールが狂った。ため息をつき、いつもより強くサイドブレーキを引いた。

パンクをした車の持ち主は、実際にさくらネットのサービス利用者だった。彼女は車を運転するものの「JAF」についてすら知らなかった。おまけに、自分の車のスペアタイヤの格納場所どころか、その存在にまで気づいていなかった。まあ、女性ドライバーの多くはそんなものかと、あきらめた。

でも「JAF」との付き合いはなくても、車に詳しい彼氏か男友だちくらいいてもよさそうだ。美人とは言わないまでも、すっきりした顔立ちを見てそう思った。もしこのおれが変質者だったら、どうするつもりなのだろうか。遠くに幹線道路が見えるだけで、あたり一面は稲穂の海だ。畦道に押し倒されたら、叫んでもだれにも気づかれないだろう。

日に焼けた女の肌がやけにまぶしかった。日に焼けていない部分を想像しようとして、おれは首をふった。

――いかんいかん、相手はお客様だ。

女の言った通り、左の前輪がぺしゃんこになっていた。このままでは埒《らち》があかないので、さっさとタイヤを交換することにした。

車のタイヤ交換には慣れていた。はじめて作業を目にしたのは、小学生の低学年の頃だ。深緑色のステーションワゴンのタイヤだった。

「このクルマ、なんて名前？」

おれが訊くと、父は「自由」とこたえた。

首をかしげるおれに、車のリアバンパーのエンブレムの文字を指さして、父が得意そうに言った。「リベロ、イタリア語で『自由』だ」

父の車は三菱《みつびし》リベロの中古車だった。

小学生の頃から、おれは車の整備によく付き合わされた。洗車、ワックスがけ、エンジンオイルの点検、ウォッシャー液の補充、タイヤの交換……。タイヤは摩耗《まもう》をなるべく均一にするために、ローテーションを組んで交換するのだと教えられた。といっても、ほとんど作業を眺めているだけ。最後にホイールレンチでナットを締める役目をやらせてくれた。父が締め増しをしたあとは、ナットはびくともしなかった。

中学生になると、実際にタイヤの交換を任された。父は家にいないことが多くなり、ときどき電話をかけてきては、「しばらく動かしてないからエンジンをまわしておけ」と言いつけられた。父はふたつ離れた弟には、この手の手伝いをやらせようとしなかった。長男のおれの仕事だった。

その頃、父の職場が東京から横浜に変わった。父の職業について、当時は詳しく知らなかった。夜の商売であることだけは気づいていた。家にいても朝起きてこないので、顔を合わせる時間は短かった。

父親として、息子になにかを教えるつもりだったのか、それとも単に便利だったからこき使っていたのか、わからない。子供にそんな真似《まね》をさせてと、母の顰蹙《ひんしゅく》を買っていた。

父親のいない夜に、洋服ダンスの小物入れから黒革のキーケースを持ち出し、団地の駐車場にひとりで向かう。あたりに人がいないことを確認してから、ドアロックを解除して運転席に乗り込む。サイドブレーキが引かれていること、ギアがパーキングの位置に入っていることを確認してからキーをまわすと、エンジンがうなり声を上げ、シートを通して股間に振動が伝わる。エンジンを温めるためにアクセルを軽くふかし、回転数を少し上げる。自分の手で車に命を吹き込んだようで気分がよかった。

ただ、それだけのことだった。でも、ハンドルを握ってひとりで運転席に座っていると、なんだか大人になったような気がした。ときおり意味もなく方向指示器を右や左に点滅させたり、ヘッドライトを点灯させたりした。

しかし、その後、父は「自由」という車を手放すことになる。父がほしかったのは、別の「自由」だったのかもしれない。

挙動不審な女の車のスペアタイヤを取り出すために、焦げ茶色のトランクを勝手に開けた。なかにはいろいろな物が入っていた。まるで子供のおもちゃ箱だ。もう少し整理しておけよ、と思いながら荷物を降ろした。折りたたみ式のレジャーテーブルや椅子などのアウトドア用品もあった。

――最近、釣りに行ってないな。

ふと、思った。

オオカミと子ヤギの指人形が出てきたとき、この女は何者なんだろうと首をかしげた。

スペアタイヤをトランクの底の凹《へこ》みから取り出し、左前輪をジャッキアップさせていると視線を感じた。女はものめずらしそうにこちらの様子をうかがっていた。タイヤの交換方法に興味でもあるのだろうか。少々鬱陶しい。

そうこうしていたら、今度はおれに背中を向け、しゃがんで田んぼのほうを見ている。なにをしているのかと思えば、花にとまったトンボに向かって人差し指をくるくるまわしているではないか……。

――おかしなやつだ。

トンボに逃げられると、バツの悪そうな顔をこっちに向けた。

思わずふき出しそうになるのを、なんとか堪えた。

そんな彼女でも、当然胸は出ているし、腰もくびれている。少女のようでありながら大人の女の魅力も備えている。横を向いた顔のつんと上を向いた赤い唇が、やけに色っぽかった。

黄色いホイールのスペアタイヤを取り付け、指で五本のナットを仮締めした。ジャッキを低い位置まで降ろしてから、レンチでナットを締めていった。昔、父に教えられたとおり、ナットは対角線を描くように順番に締め増しをした。

タイヤの交換をするのは、ひさしぶりだった。中学生の頃のように何度も確認をした。車は人の命を乗せて走っているわけで、まちがいは許されない。本来なら通りすがりの他人に任せるような作業ではないはずだ。

「いいですか?」

荷物をトランクにもどして、女に声をかけた。交換したスペアタイヤはあくまで非常用であり、なるべく早く正規のタイヤに交換するよう伝えた。

本当に困っていたのだろう。女は何度も礼を言い、頭を下げた。

おれはひどく汗をかいていたが、いやな汗ではなかった。

それから女はおれを見て、なにか言いたそうにした。少しのあいだお互い見つめ合うようなかっこうになった。

少々照れくさくなったおれは、営業車に会社のパンフレットを取りに行った。新しいパンフレットは二種類。インターネット電話サービスのキャンペーン告知のパンフレットのほうを選んだ。なぜならそっちには、自分の名刺がホッチキスで留められていたからだ。渡すときは、恩着せがましくしたくないので、説明などは加えなかった。

別れ際に、女は自分の職場を教えてくれた。保育士だと聞いて、ああ、なるほどと思った。どこか幼さを感じさせたが、ようやく謎が解けた。いつも子供と接しているため、影響されるのだろう。彼女は「向井すぐり」と名乗った。

少し前までは、まったくの赤の他人だったのに、お互いの名前や職場がわかると、急に近しく思えた。なんとなくこのまま別れたくないような気さえしてくるから不思議だ。最後に「なにかあったら、連絡してください」とおれが口にしたのは、「なにか」が起こることを期待していたからかもしれない。

クラクションを短く鳴らし、車を走らせバックミラーをのぞくと、向井すぐりは焦げ茶色の車の前に立って、おれを見送ってくれていた。白いTシャツが稲穂の波のなかで鏡のように輝いていた。

その風景は、なぜだかおれのなかの古い記憶を呼び覚ました。ひさしぶりにタイヤの交換なんてしたせいだろうか。鈍い胸の奥の痛みと共に、子供の頃、目に焼き付いたシーンが脳裏《のうり》に甦《よみがえ》った。

おれは記憶から逃れるように、アクセルを踏み込んで車のスピードを上げた。小さくなっていく白いTシャツを眺めていたら、あの日と同じように、大切なものを置き去りにしてしまったような気分になった。

その後、営業車で街を走りまわっていると、焦げ茶色の車がやけに気になった。花にとまったトンボに向かって人差し指をまわしている横顔。トンボに逃げられたときに見せた、なんとも言えない表情がまぶたの裏に残っていた。

彼女の働く保育園の前を通り過ぎる際、スピードを落として園庭を眺めたが、向井すぐりらしき姿はなかった。保育園の駐車場は建物の奥まった場所にあるらしく、焦げ茶色の車も確認できなかった。

夏が過ぎて、田んぼの稲が刈り取られる頃には、偶然助けることになった保育士のことは忘れかけていた。代わり映えのない日常のなかで、「地域の人は、皆お客様」という上司の言葉に乗っかって、門前払いの日々を過ごした。高齢者のなかには、話だけならと聞いてくれる人もいたが、インターネットの意味から説明しなければならない営業に、天を仰《あお》ぐ日も少なくなかった。

そんなある日、いつものように営業車で走っていたら、ショッピングモールの駐車場から出てきた車に目がとまった。カラーは焦げ茶色。左の前輪が黄色いホイールのタイヤだった。

「あいつ！」

思わず声を上げた。

なんでまだタイヤを交換していないんだ。早めに正規のタイヤと交換するよう、あれほど言ったのに。最初にわいたのは、怒りだった。

おれは一台前を走る焦げ茶色の車を追跡することにした。ひと言文句を言ってやるつもりだった。

前の車が左折して消え、焦げ茶色の車のすぐ後ろに付けた。運転手は女。まちがいない、あのときの保育士だ。

前方の信号が赤に変わって車が停まったとき、クラクションを短く鳴らした。本当は長押しして、ビビらせたいくらいだった。

信号が青に変わると、焦げ茶色の車はのろのろと横断歩道を行きすぎ、左にウインカーを点滅させて路肩に停車した。おれはハザードランプのスイッチを入れて、彼女の車の後ろにぴたりと付けて停めた。

女が出てこないので、車から降りて歩道側にまわり、助手席のドアの窓をノックした。運転席の向井すぐりの顔が見えた。

助手席の窓が低いモーターの音と共に下りていく。

「だめじゃない」とおれは言った。

女の目が笑っていた。

おれの怒りのテンションは急降下した。気のせいかもしれないが、車のなかから、なぜかタコ焼きの匂いが漂《ただよ》ってきた。

結局、タイヤを交換する方法がわからないと言うので、タイヤを扱っている店まで一緒に付き合うことにした。

彼女は前に会ったときと同じようにあどけなかった。タイヤを選ぶとき、店員に勧められるままに四本のタイヤをすべて交換しようとするので、そんな必要はないと言ってやった。どうも危なっかしいというか、よくわからないというか……。

タイヤ交換のあいだ、休憩室で一緒にコーヒーを飲んだ。

――なにやってんだろ、おれ。

営業マンが就業時間中にこんなことでいいのだろうかと思いつつ、席を立てなかった。

おれの怒りはすっかり引っ込んでしまった。

「お客さんには、いつもこんなに親切なんですか？」

そう尋《たず》ねられたので戸惑ってしまった。皮肉にも、思わせぶりな言葉にも受け取れるはずなのに、彼女が言うと自分のやわらかい部分をやさしく押されたようで、素直に受けこたえしている自分がいた。

翌日、向井すぐりからケータイに電話があった。なにかと思えば、電話サービスの追加契約をしたいという申し出だった。正直、ありがたかった。

後日、会って詳しい説明をして契約が決まった。タイヤがパンクした際のお礼にと、ネクタイまでもらってしまった。女の子からネクタイをもらうのは、はじめての経験だった。

何度目かに会ったとき、すぐりの口から志摩麻美の名前が出てきたので驚いた。麻美は中学時代の同級生で、家は比較的近かった。「よく会うの？」と尋ねると、「就職してからは、たまにしか会わない」とすぐりはこたえた。

麻美は、おれがふった女だった。

おれは、女の子とまともに付き合ったことがなかった。そういう男の多くは、イイ人すぎたり、理想が高すぎたり、あるいは自分に自信がなかったりする、などと言われる。おれの場合は、女の子と付き合うチャンスがなかったわけじゃない。これまでの女の子との関わり合い方に問題があったのかもしれない。

はじめて女の子を強く意識したのは、小学四年生のときだったと記憶している。

クラスに嫌われ者の千春《ちはる》という女の子がいた。少し栄養失調気味で、おれと同じ西団地に住んでいた。千春がいわゆるふつうの家の子ではないことは、近い境遇にいたおれにはすぐわかった。それなのにクラスの連中は、千春の着ている服や持ち物について小馬鹿にした。家庭の事情というやつを酌《く》んでやることのできない愚《おろ》かな連中だった。

ある日、給食で残したパンを千春が家に持って帰ろうとしているのを、数人の男子がちゃかした。あわてた千春はハンカチに包んでいたパンを床に落としてしまった。そのパンを千春が拾おうとしたら、「床に落ちたパンをおまえは食うのか」と、クラスで一番の太っちょが声高に叫んだ。千春の瞳は親からはぐれた子猿のように心細げだった。

少し離れた場所で見ていたおれは、興味を覚えて近づいていった。先だけかじったコッペパンが床にころがっていた。

「食ってみろ」

太っちょが二重顎でにやけた。

「食え！　食え！」

メガネが囃《はや》したて、歯列矯正《きょうせい》器をつけた金持ちの息子が「意地きたねぇな」と吐き捨てた。

千春はじっと動かなかった。頬が紅潮し、口を半開きにしている。

みんなが見ているなか、おれはパンを拾い上げ、千春に差し出した。

太っちょたちは「食え、食え！」とまわりで大合唱をはじめた。

反応を示さない千春に、「いらないのか？」とおれが訊くと、千春は怯《おび》えながら、うなずいた。

「食わねぇってさ」

おれは三人組に笑いかけた。

太っちょはどこか不満そうな顔で、おれを見た。太っちょだけじゃなく、教室にいる生徒全員の視線が自分に注がれていた。

「だったら、おれたちで食っちまおうぜ」

おれはそう言って、パンをちぎって口に入れた。ぱさついた小麦の味がした。

「おまえも食え」

おれは残りのパンを太っちょに差し出した。太っちょは薄ら笑いを浮かべたが、結局パンを受け取った。

「食えよ」

おれが促《うなが》すと、太っちょはおれに視線を置いたままパンをひと欠け口に入れた。二重顎を緩慢《かんまん》に動かしながら、パンを隣にまわす。メガネも黙ったままパンをちぎって食った。

三人目が拒否したので、おれが無理矢理に歯列矯正器を装着した前歯の奥にパンを詰め込んでやった。

それ以来、千春は露骨《ろこつ》ないやがらせを受けなくなった。千春を助けようと思ったわけじゃない。いじめに立ち向かったわけでもない。ただ、気にくわなかっただけだ。

クラスのなかでは、おれも比較的孤立していた。でも、おれがいじめられるような事態にはならなかった。

それ以後、千春とやたらに目が合うようになった。視線を感じて顔を上げると、遠くからこっちを見ている。最初は偶然かと思ったが、一日に二回や三回ではなかった。なにか用でもあるのかと思えば、なにも言ってこない。ほとんど親にかまわれずに育ったせいか、余計に気になったのかもしれない。今の言葉で言えば、ウザくてしかたなかった。目が合うと恥じらうようにからだをくねらせる仕草にも無性に腹が立った。どうしてそんな態度をとるのか理解できなかった。

やがておれは気づいた。からみつくような千春の視線に、たしかな好意を感じるようになった。でも、おれは千春のことなど、なんとも思っていなかった。

おれは千春と目が合えば、目をそらした。露骨に顔をしかめてみせたりもした。千春もさすがに気づいていたはずだ。おれがいやがっていることを。それなのにやめなかった。どこにいても千春の視線が追っかけてくる気がした。

女の子ということもあり、千春に手出しすることはできなかった。なにか言おうにも、言葉が見つからない。おそらく誤解からはじまったのだ。人に好かれることが、こんなにも苦痛をともなうとは思わなかった。自分のなかで異性への苦手意識が芽生《めば》えた。

中学校時代は、女の子とは最初から距離を置いた。誤解されるのがいやだった。気安く近づいてくる女には、わざと冷たい態度をとった。だれかに好かれたいとは思わなかった。今思えば自意識過剰だったのかもしれない。

ある日、クラスメイトの男子から、クラスの女子がおまえを好きだと言っていると聞かされた。それはYだと言うので、「興味がない」と相手にしなかった。しつこく言うので、Yのことは「好きではない」とはっきりこたえた。それなのにその男は、Yからのおれ宛《あて》の手紙の運び役を務《つと》めた。おれは「話がちがう」と文句を言った。腹が立ったので、手紙はその場で読みもせずに破いてしまった。こちらが拒否しているのに、なぜそんな真似をするのか理解できなかった。

おれが手紙を破いたことは、女子のあいだで噂になった。でも、おれは謝ったりしなかった。そのことでおれは一部の女子から無視された。女というのは、かなり面倒臭い生き物だとあらためて思った。

すぐりの短大時代の友人である志摩麻美とは、中学二年生のときに同じクラスになった。明るく気さくな麻美は、席も近く比較的仲がよかった。

ある日の放課後、帰ろうとしたら、「これを渡すように頼まれたの」と麻美に呼び止められた。手渡されたのは、名前も知らない女の子からのラブレターだった。

なぜその子が麻美を経由して、おれに手紙を渡さなければならなかったのか、理由がわからなかった。顔を合わせたくないなら、付き合ってほしいなんて手紙に書くべきではない。

後日、麻美がおれのところに返事を訊きに来た。

「付き合わない」とだけおれは言った。

「どうして？」と訊かれたので、「おまえに話す必要はない」とこたえた。

「だれか好きな人がいるの？」という質問には、「余計なお世話だ」と言ってそっぽを向いた。

麻美はおずおずとおれの前から立ち去った。

三年生になる前のバレンタインデーのことだ。放課後、再び麻美がおれのところにやってきた。麻美は普段とはちがう態度で、きれいにラッピングした包みを差し出した。

「なにコレ？」と尋ねたら、「チョコ」とこたえた。

「サンキュー」と言って、ありがたく包みを受け取った。なかには手紙が入っていた。

それっきりなにも言わないでいたら、卒業前にはっきりしたこたえがほしいと麻美に言われた。なにをどうはっきりさせたいというのか。麻美はそんなことを訊くべきじゃなかった。それなりに仲のいい友人でいればいいじゃないか。しかし、執拗《しつよう》にこたえを求められた。どうしても白黒はっきりさせたいらしい。

しかたなく「今はだれとも付き合う気はない」と告げると、麻美はそっけなく「あっ、そう」と言った。どこか悔しそうな口の動かし方だった。次の日から、お互い口をきかないまま卒業した。

人を好きになる。思いを伝える。受け入れられなければ、終わりにする。それが恋愛というものなのだろうか。よくわからなかった。

高校生になってからも、女の子から何度か告白された。楽しく仲間同士でやっていると思ったら、ある日、恋人として付き合ってくれと言われる。お互いうまく話せなくなり、関係はぎこちなくなる。戸惑い、しかたなく避けるようになり、相手を傷つける。だから好きになられることが怖くなった。

高校二年のときに、家に遊びにこないかと女の子に誘われた。Ｊという子だった。クラスもちがったし、ほとんど口をきいたこともなかった。

最初、なにを言っているのか、よくわからなかった。どういう事情か知らないが、Ｊは家から出てアパートでひとり暮らしをしているという。そもそも親しくもない女の部屋へ遊びに行く、という意味がわからなかった。

Ｊは自分が不良であることをわかりやすく外見で示しているタイプの子だった。髪を染め、化粧をし、制服やカバンを改造していた。どこかでおれに仲間意識を持ったようだ。というより、彼女なりの基準はあったにしても、その許容範囲のなかでなら、だれでもよかったのかもしれない。

おれが誘いを断ると、Ｊはすぐに代わりを見つけた。何人かの男子生徒がＪの部屋へ遊びに行き、童貞を失ったという噂を聞いた。だれそれがＪに喰われた、という言い方をする者もいた。そういうことって実際にあるんだな、と妙に感心した。

高校を卒業するまで、女の子と付き合ったことはない。好きな子は、なかなかできなかった。付き合ってみたいと思う子もいなかったし、付き合おうと言われた子と試してみることもしなかった。要するに融通《ゆうずう》がきかないタイプなのだろう。付き合ってみれば、案外うまくいったのかもしれない。駄目なら別れればいい、そういう柔軟な発想がなかった。付き合おうと言われると、疎《うと》ましくなり、離れたくなる。勝手だと言われれば、それまでだ。自分は好きになられることが、どうやら苦手なのだとわかってきた。

すぐりをハゼ釣りに誘った理由。ひとつには、おれ自身がハゼ釣りに行きたかった。ここ何年か、一度も竿を出していなかった。

でも、ハゼ釣りを選んだのは、どこかですぐりを試していたような気もする。どこまで彼女がおれについてくるのか。すぐりに釣りの趣味はない。どちらかといえば、自然志向というより、都会に憧れを抱いている気がした。それに普通の女の子は、釣りに行きたがったりはしないものだろう。

「行く。行きます」

すぐりはおれの誘いにふたつ返事で乗ってきた。ためらいがなく、潔《いさぎよ》かった。

釣りをするとき、女の子が餌のゴカイをいやがったり、飽きてしまったりするのは、ふつうのことだ。いつもなら、釣りはひとりで行く。でも、おれが好むのんびりとした雰囲気を、すぐりにも味わってほしかった。釣行《ちょうこう》が決まると、すぐりは子供のように目を輝かせた。

すぐりは少々変わっていたが、おれに合わせることを厭《いと》わなかった。周囲に人のいない自然のなかでふたりだけになると、図《はか》らずもすぐりのことがよくわかった。

うれしかったのは、すぐりが釣りに飽きても、すぐに帰ろうと言いださなかったことだ。すぐりは、自分なりの楽しみ方を見つけてくれた。釣り場の近くを散策したり、地面に絵を描いたりして遊んでいた。自分勝手な人間だと、男でもすぐに帰ろうと言い出す。おかげでひさしぶりにのんびりと釣りができた。一緒に釣りをしていて気持ちよく過ごせる人というのは、なかなかいない。

手作りのお弁当もすごくおいしかった。料理にはひとつひとつ手間暇がかかっていた。味付けは、おばあちゃんから教わったそうで家庭的な人なのだと感じた。

帰るときに、もうひとつだけ、おれはすぐりを試した。釣った魚を「持って帰って、食べるといいよ」と言ってみた。

釣りをやる人間でさえ、釣った魚を持ち帰らない者もいる。釣りのなかに、釣った魚をいただくという、本来の漁猟の目的を排除してしまう人だ。考え方の相異なのだろうけれど、おれはそういうのは好きになれない。給食で残したパンを家に持ち帰ることと同じように、あたりまえの行為だと思う。

すぐりは家にハゼを持ち帰った。おばあちゃんと料理をして、家族で食べたと話してくれた。

「みんな喜んでくれたよ」

すぐりは唇をすぼめるようにして微笑《ほほえ》んだ。

たぶんそのとき、おれはすぐりのことを認めたのだと思う。こいつとなら、うまくやっていけるかもしれない、と。

もっとこの人を知りたい

わたしは高校を卒業すると、赤いフレームのメガネを外し、コンタクトレンズにした。メガネをかけないわたしの顔の評判は上々だった。祖母は「あんたは、もともと美人さんなのよ」と目を細め、母は「たくさんの男の人と付き合いなさい」とけしかけた。鏡を見たとき、自分でもわるくないと思えた。

コンタクトレンズに替えて数日後、地元の駅で偶然S先輩に会った。中学時代に憧れていたバスケットボール部のキャプテン。

中学のときスポーツ刈りだったS先輩は長髪にパーマをかけていたので、ずいぶん感じがちがっていた。でも、それはお互いさまだろう。四年という年月は、人を変えるのにじゅうぶんな時間だから。

「あれ、きみってもしかして」

S先輩のほうから声をかけてきた。

わたしのことを覚えていたことにまず驚いた。ぺこりとお辞儀をしたら、気安い感じで、「ひさしぶり、お茶でも飲もうよ」と誘われた。バレンタインデーのお返しもくれなかったくせに、と思ったわたしだったが、ノコノコとついていった。

「感じが変わったから、びっくりしたよ」

東京の名門私大に通っているというS先輩は、八重歯《やえば》をのぞかせてさわやかに笑い、わたしのことを大人になったとさかんに持ち上げた。

「よかったら、今度ドライブにでも行こうよ」

そんな誘いまで飛び出し、いったいなにが起こったのだろうと思いつつ、深く考えずに連絡先を交換してしまった。

その一週間後、S先輩の運転する白いセダンに乗って、海までドライブへ出かけた。車は父親の借り物らしかった。

海水浴にはまだ早く、風も強いせいか砂浜に人は見当たらなかった。薄いピンク色の浜昼顔が、地面にしがみつくようにしてたくさん咲いていた。S先輩は海が見える松林の奥に車を停め、中学時代の思い出話をはじめた。

「本当はさ、きみのことがずっと気になっていた」

S先輩は照れくさそうに言った。

わたしは思いがけない告白に驚いてしまった。

先輩は、当時バスケットボール部のキャプテンで、女の子とチャラチャラするわけにはいかない立場だったとふり返った。うなずきながら、そうだったのか、と納得したわけではない。そんなはずなかった。わたしのことなど眼中になく、無視していたはずだ。

「でも、先輩には彼女がいましたよね？」

わたしは尋ねた。

「あ、あれは、彼女の積極的な姿勢に心が折れてしまってね」

先輩は悔しげな表情で海を見つめた。

「別れたんですか？」

「まあ、それに近いかな」

言葉を濁《にご》し、しばらく沈黙が続いた。

突然、S先輩はわたしを引き寄せた。

S先輩の唇が、自分の唇に重なる寸前に、頬を張り、車のドアを開けて外に飛び出そうかと思った。そして砕《くだ》ける波に向かって、「そんなわけないだろー」と叫びたかった。でも、わたしは抵抗しなかった。先輩を見返せたようで、うれしかったのかもしれない――。

後日、S先輩の噂を聞いた。S先輩は本命の恋人とは別れずに、何人もの女と関係を結んでいる、という話だった。話を聞かせてくれた友人の知り合いのなかにも、だまされた子がいたらしい。わたしはS先輩とのことは黙っていることにした。

その後も何度かS先輩から連絡が入った。空々しい言葉で誘われたが、会うことはしなかった。あんなに憧れていた男が、とてもつまらない存在に思えた。結局自分は先輩のことなんて、なにも知らなかったのだと悟《さと》った。

どうして人は、知りもしない相手を好きになったりするのだろう。外見だけで判断するなんて愚かだ。でも、自分もそうだったことに気づいた。

今度人を好きになるときには、相手のことを深く知ってからにしよう。

わたしはそのとき決めた。

草介のことをもっと教えてもらうためには、まず、自分のことから話すべきだと考え、わたしの幼少時代の話をした。東京の墨田《すみだ》区で生まれたことや、両親が共稼ぎなので保育園に二歳のときに入園したことなど。

保育園での一番古い記憶は、年中児のときのことだ。担任のメガネをかけた年配の先生は、とても厳しかった。食が細く、好き嫌いの多いわたしは、給食のときにいつも怒られた。みんなが広間で昼寝をはじめても、給食を残さず食べ終わるまでひとり机に座らされた。たったひとりの教室で、「食べられな〜い」と声を上げて泣いたのを覚えている。

年長児になると、担任は新任の若い先生になった。おもしろくて、やさしくて、大好きになった。運動会の入場行進の先頭にしてくれたときは、とても誇らしかった。遠足の前日には、おやつをビニール袋に入れる先生の仕事を手伝わせてくれた。「クラスのみんなには、おやつの中身は内緒だよ」と先生とゆびきりげんまんして、ウキウキした。先生のお手伝いをするのが楽しく、うれしくてしかたなかった。

——大好きな先生のようになりたい。

その頃から思っていた。それが保育士になりたい、というわたしの原点だ。先生のことが大好きだったから。

小学校の卒業文集には、「保母さんになりたい」と書いた。

中学生になっても、学校の友だちと過ごすより、近所のちいさい子を集めて遊んでいた。ちいさい子と一緒にいるほうが楽しかった。まだ自分のどこかに幼さを抱えたまま生きていた。

高校時代は、自分が働くとすれば、保育園か幼稚園の先生になるしかない、と思うようになった。

子供の頃、毎年夏休みには、いろんなところに出かけた。父も母も旅行好きだった。長距離の電車やバスや飛行機のなかで、子供好きの母は、隣の席の子供とすぐに仲良しになった。見ず知らずの赤ちゃんをあやしたり、泣いている子を面白い顔をして笑わせたり、バイバイをして子供とすれちがったり……。そんな子供好きの母の姿を幼い頃からいつも見て育ってきたことも、影響したのかもしれない。

「すごいよね」

草介はわたしの話を聞いてつぶやいた。

「なにが？」

「だってさ、子供の頃からの夢を実現したんだよ。素晴らしいよ。そんな人、はじめて会ったかもしれない」

「そうかな？」

「そうだよ。おれなんて、一番なりたくなかった営業マンになっちゃった」

草介は自嘲《じちょう》気味に笑った。


わたしは子供が好きだ。だから保育士になった。将来は自分の子供を育てたいと思っている。でも、ひとりでは子供を産めないし、育てることも難しい。よきパートナーと出会いたい。

「やっぱり、人柄よね」

男選びについて加世子さんは、そう口にした。

雑誌の「いい男の条件」などによれば、「ルックス」のほかに「やさしさ」「誠実さ」などが必ず挙げられる。それらを総合して人柄というのだろうか。でも、人柄のいい人ってどういう人だろう。たとえばやさしさの裏側には、下心が隠れていたり、誠実さには、窮《きゅう》屈《くっ》さが伴う場合もありそうだ。

よく言われるのは、人柄は、その人の育った環境によって形成される、ということ。遺伝的な要素もあると言われている。そうであれば、人柄を知るには、その人の過去を知る必要がある。とくに多感な子供の頃の影響は、大きいにちがいない。

短大時代の友人の枝理も、結婚前に相手の過去をじゅうぶんに知っていれば、夜遊びで借金があることを見抜けたかもしれない。少なくとも、そういう傾向のある人だとわかったはずだ。そうであれば、結婚して戸惑う必要もなかったのではなかろうか。

人柄を決定する遺伝的な要素というやつも、その人の両親や家族を知ることで、ある程度つかめるかもしれない。要するに相手を深く知ることが大切な気がした。

「横浜へ行こうよ」

わたしは言った。

なぜ横浜だったのかといえば、たいした理由はない。典型的なデートというやつを草介としてみたくなった。自然のなかでの釣りは、健康的で気持ちよかった。草介の趣味や趣向の一端を垣間《かいま》見ることができた。でも、大勢の人たちのなかで、草介と一緒に歩いてみたかった。

「横浜かぁ」

あまり乗り気ではなさそうな声が返ってきた。

「横浜がいやなら、渋谷《しぶや》とかお台場《だいば》でもいいよ。なんならディズニーランドとかにする?」

「なんだよ、それ?」

笑われた。

「いや、べつに……」

わたしは首をすくめた。本当は一緒にいられれば、それでよかった。

「おれさ、人でガチャガチャしてるとこって苦手なんだよね」

「そっか」

「でも、まあ行ってみる? 横浜」

草介は笑ってくれた。

「うん」

わたしは素直《すなお》な四歳児のようにコクリとうなずいてみせた。

「じゃあ、すぐりさんの行きたいスポットをピックアップしといてよ」

「さん」なんて付けないで、そろそろ「すぐり」と呼び捨てにしてほしかった。

何度か一緒にお茶を飲み、食事をし、釣りに出かけた。でも、付き合っている、と言っていいのかよくわからない。草介に「好きです」と言われたわけでもないし、「付き合ってください」と申し込まれたわけでもない。もちろんわたしから言った覚えもない。現状では単なる友人、営業マンとその顧客、あるいは釣り仲間、と言えなくもなかった。

草介はどう思っているのだろう。これではまるで中学生の恋ではないか。

日曜日、JR根岸《ねぎし》線の石川町《いしかわちょう》駅から歩いて横浜中華街に向かうと、昼過ぎになった。

「朝から行ったら、絶対飽きるって」

草介が断言するので、そういう時間になってしまった。八景島《はっけいじま》シーパラダイスや赤レンガ倉庫、ランドマークタワーやコスモワールドなどについても調べたのに、どうやらごく定番のデートコースになりそうだった。

わたしはこの日のためにお気に入りのレースのワンピースに、アースカラーのブルゾンを選んだ。足元はブルゾンと同系色の歩きやすいフラットなパンプスにした。草介は釣りに行ったときと同じように、フリースにジーンズというラフなかっこうをしていた。

まずは出店で大きな中華まんを買って、食べながらぶらぶらと通りを歩いた。昼食がまだだったので、どこかお店に入るなら、ひとつを半分に分け合えばいいのにと思ったが、言えなかった。草介は同じものをふたつ買った。ここにもまだ越えられない壁を感じた。

よそ見をして歩いていたら、半分まで食べた中華まんの中身が、ポロンと地面に落ちてしまった。

「バカだなぁ」

草介に笑われた。

「バカって言うな」

足元に落ちた肉団子を見つめて半泣きになると、「食うか？」と声がした。

わたしたちは、まだ手すら握っていなかったので戸惑ったが、「うん」とうなずいた。

「ほらっ」

差し出された草介の手から中華まんをほおばった。なんだか妹になったような気分だった。

極彩色で装飾された本通りから入った路地には、自己主張の強いメニューを並べた飲食店が続いた。草介は店の看板を眺めては少し前を進んでいく。わたしも草介以上にきょろきょろしながら歩いた。

どう読めばいいのかわからない漢字が並んだ中華料理店の前で草介は立ち止まり、「ここでいいかな？」と言った。

ずいぶん間口の狭い、古めかしい店だった。お世辞にも洒落た店とは言い難《がた》く、なぜこの店にしたのか首をかしげたくなった。付き合いの浅いカップルがデートで立ち寄る類《たぐい》の店ではない気がした。わたしがこたえる前に草介はサッサと店のなかに入ってしまった。

「なににする？」

テーブルに着くなり、スープのシミらしきものが目立つメニューを見せられた。

ええと、と考えたが、「同じものでいい」とこたえた。

草介はろくにメニューを見ないで「東坡肉麺《トンポーローメン》」というものを注文した。

どこかなつかしそうな目をして、草介は店のなかを眺めている。以前にも来たことがあるのだろうか。そのことを尋ねようか迷ったが、黙っていることにした。

店にいるほかの客は、観光客風ではなかった。自分の頼んだ料理を静かに口に運んでいる。中華鍋を鉄のお玉でゾリゾリと擦る音と一緒に、かん高い異国の言葉が厨房《ちゆうぼう》のほうから聞こえてきた。

わたしは不安になった。この街にいる草介は、どこかいつもとちがう雰囲気を纏《まと》っていた。目を細めて黙り込んでいる草介が、急に遠い存在のようにすら思えた。この人が見ているのは、ひょっとすると自分とはまったくちがう風景なのではないか。まだ自分はこの人のことをなにも知らない。そんな気がした。

でも、それは事実でもあった。

——ねえ、こっちを見てよ。

心のなかで念じた。

ゴトン、とわたしの前に置かれたのは、赤い龍の模様が描かれたラーメン鉢。今にもスープが溢れそう。同じものが草介の前にも置かれた。湯気と一緒に濃厚なにおいが立ちのぼった。

醤油《しょうゆ》ベースらしきスープのなかに、黄色いちぢれ麺がもぐり、その上には豚の角煮とおぼしき肉の塊がずらりと横たわっている。緑の鮮やかな野菜は、油通しした青梗菜《チンゲンサイ》のようだ。

草介は背脂《せあぶら》の浮いたスープをレンゲですすると、「あーっ」と官能を刺激されたような声を上げた。

わたしも箸《はし》を割って食べはじめる。煮込んだ豚の三枚肉はトロトロに柔らかく、箸で簡単に切ることができた。甘みのある醤油味で、微《かす》かに香る八角が食欲をそそった。見た目は濃厚そうなあっさりしたスープと麺がよく合っていた。

「──おいしい」

わたしが言うと、「当然」と言うように草介は小さくうなずいた。

草介が無言で食べているので、わたしも黙って食べた。ときどき草介を見たが、目は合わなかった。草介は食べることに集中している。

おいしかったけれど、わたしは肉の脂身とスープを残した。草介の鉢には、なにも残っていなかった。

食べ終えたあとは、感想などを語り合うこともなく、そそくさと席を立った。勘定《かんじょう》を済ませた草介が店から出てきたところで、「自分の分は払うよ」とわたしは言った。さっき買った中華まんのお金も払ってもらっていたからだ。

「いいよ。付き合わせちゃったしね。肉が脂っぽくて、だいじょうぶだった？」

「うん、こういう中華ソバは、はじめて食べた気がする」

草介は小さくうなずき歩き出した。

「人でガチャガチャしてるとこって苦手なんだよね」と言っていたくせに、どうやら草介は食事をしたこの店を知っていたようだ。行きたくないような態度をとったくせに、だれかと中華街に来たことがあるらしい。なんだよ、という気持ちになった。前の彼女との思い出の場所だろうか。でも、横浜はだれもが訪れる街だと思い直した。

「家にお土産《みやげ》はいいの？」

草介に言われたので、市場通りの中華雑貨の店をのぞくことにした。こまごましたアクセサリーや独特の色彩の衣料品がたくさん並んでいた。加世子さんに「今日は横浜へ行ってくる」と言って家を出たので、なにか買って帰りたかった。やっぱり食べ物がいいかなと思い、本通りの点心の専門店に移り、月餅《げっぺい》を何種類か買った。定番の黒餡《くろあん》と木の実、それから栗が丸ごと入った大きなやつも買うことにした。

「高萩さんはいいの？」

と訊くと、「おれはひとりだから」と笑った。

草介は地元に実家があるくせに、アパートでひとり暮らしをしている。実家が近いのだから、家族にお土産を買って帰ればいいのに。

三国志で有名な関羽《かんう》を祀《まつ》っている関帝廟《かんていびょう》をお参りしてから、山下《やました》公園に向かった。岸壁に繋留《けいりゅう》されている氷川丸《ひかわまる》の近くのベンチに座ると、鳩《はと》にポップコーンをあげている人がいた。草介は黙ったまま目を細めるようにして道行く人を眺めている。まるでだれかを捜しているみたいに。

「くっくるーる」

草介の気を引きたくて、子供たちの前でよくやる鳩の鳴き真似をしてみせた。

気づいていないのか、こっちを向いてくれないので、もう一度やった。

「くっくるーる」

草介の頬の筋肉がゆるんだ。

「すぐりさんって、おもしろい人だよね」

呆れたように言ったので、赤い唇をとがらせて「くっくるーる」とまた鳴いた。

草介が笑ってくれるなら、わたしは何度でも鳩の鳴き真似をしてあげる。だから、哀《かな》しそうな顔をしないでほしい。せっかく、ふたりで横浜に来ているのだから。

「なんだか、元気ないじゃんよ」

わたしは自分の肩を草介の肩に軽くぶつけた。

「いや、ちょっと人込みに酔っただけだよ」

しばらくベンチで休んでから、港の見える丘公園まで足をのばすことにした。草介は、わたしのあとからゆっくりついてきた。観光客を乗せた人力車が見えたので、教えようとしたが、なんだか足取りが重たい。手をつないでひっぱりたくなったが、それはやめておいた。わたしはまだそんなに草介を知っているわけじゃない。

フランス山にのぼり、フランス領事官邸跡に着くと、看板の解説を見ながら「玄関はここでしょ」とか、「ここがきっとキッチンだよね」などと言いながら、わたしは当時の暮らしを想像してみた。小さい頃におままごとをしていたときのような気分になった。

「ほら見て、井戸があるよ」

散策路を進んでなにかを発見する度、わたしは声を上げた。でも、草介はあいかわらず反応が鈍《にぶ》い。ちっとも話に乗ってこない。いい加減、頭にきた。

展望台にたどり着き、横浜港をしばらく眺め、「次はどこへ行く？」とわたしは言った。

「もうどこへも行きたくないよ」

草介はベンチに座り込んだ。

「じゃあどうするの？」

「山下公園にもどって、シーバスで横浜駅まで出て帰ろう」

「え、そんなことできるの？」

「横浜駅で総武《そうぶ》線乗り入れの快速に乗れば、一本で帰れるし」

草介はデートコースを研究したわたしよりも、横浜に詳しそうな口ぶりだった。山下公園からシーバスに乗って横浜駅へ行ったこともたぶんあるのだろう。なんだかくやしかった。

しかたなく山下公園までもどって、桟橋《さんばし》でチケットを買った。

「あーあ、横浜の夜景が見たかったなぁー」

わたしは語尾をのばしてみたが、完全に無視された。

シーバスに乗り込むと、草介が客室からデッキに出ようと言い出した。狭いデッキは風が強く、家族連れがひと組だけいた。西に傾いた太陽が、空を橙色《だいだい》に焼きはじめていた。

草介は急に元気を取りもどしたようにしゃべりだした。この人はつくづく人込みが嫌いなんだな、と思った。自然が好きで、人が苦手なのかもしれない。表情がいつの間にか明るくなっていた。

シーバスを降り、人の流れに乗るようにして横浜駅まで歩いた。駅の改札を通って混雑したホームに立った草介は、再び無口になった。

横浜駅で多くの客が降りた千葉行きの電車では、二人掛けの対面シートに並んで座ることができた。ラッキーだった。中華街、山下公園、港の見える丘公園と、かなりの距離を歩きまわった。わたしもすっかり疲れてしまった。

でも、横浜を選んだのは失敗だった気がした。草介はあまり楽しそうじゃなかった。そんな曇《くも》りがちな草介を見ていると、わたしの気分も晴れなかった。

品川駅で前に座っていた客が降り、くたびれた背広姿の中年男がすぐに座った。車内は混雑してきた。午後六時前だというのに、前に座った中年男の顔は赤みがさし、息が酒臭そうだった。

わたしはうつむいて寝ているふりをした。窓際の席に座った草介は、腕を組んだまま眠ってしまったようだ。わたしも眠ろうとしたが、なぜだか落ち着かない。草介との距離は、この日も縮まらなかったような気がした。

電車が新橋《しんばし》の駅を出たとき、前に座った男の膝が、わたしの膝にあたった。気のせいかと思っていると、男の膝がわたしの膝に密着した。そしてその膝がゆっくりと円を描くように動きだした。

薄目を開けて様子をうかがうと、赤ら顔の男が濁った眼でじっとこっちを見ている。てらてらと光るぶあつい下唇が不気味《ぶきみ》にたるんでいる。膝を斜めにして離そうとしたが、男は腰を前にずらすようにして、グレーのズボンの膝を押しつけてくる。

――なんなんだよ、この人。

眉間にしわを寄せたり、咳払《せきばら》いをしてみたが、効果はなかった。

――どうしよう。

そう思ったとき、草介の左膝が動き、グレーのズボンの足をいきなり蹴っ飛ばした。

横を見ると、腕を組んだ草介が中年の男を鋭い目付きでにらみつけていた。

驚いて顔を伏せたら、前に座った男は押しつけていた膝を離した。ごくりと自分がつばを飲み込む音が聞こえ、胸の鼓動が激しくなった。

わたしは右手でまさぐるようにして、草介の左手を探した。腕をつかみ、自分のほうへ引き寄せ、手を握った。自分たちが特別な関係であることを示すために、草介に寄り添った。

電車は暗い地下路線を走っていく。真っ暗な闇のなか、わたしの不安を揺らしながら進む。膝が笑うように小刻みに震えた。不意に明るくなって、電車は東京駅のホームに滑《すべ》り込んだ。中年の男は、電車が止まる前にそそくさと席を立った。

わたしは唇をゆがめて草介を見た。たぶんひどい顔をしていたはずだ。

「だいじょうぶだよ」

耳元で草介がささやいた。

――怖かったの。

そう言う代わりに、指と指をからませた。

東京駅でも、たくさんの見知らぬ人たちが乗車してきた。わたしが知っているのは、隣にいる草介だけ。

——どうぞこの先も、わたしを守ってください。

祈るような気持ちで、草介の手を握り続けた。

守ってくれた草介のことが、また好きになった。もっともっとこの人を知りたい。そうすれば、きっとわかり合えるはずだ。

「今日はありがとう。すごく楽しかったよ」

草介の声が、ここちよく耳の奥に響いた。骨張った顎が、わたしの髪をやさしく撫《な》でた。

うなずきながら閉じた目尻《めじり》から、頰に涙が伝った。

ぬくもりを宿した五本の指が、わたしの手をやさしく握りかえしてくれた。

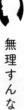

無理すんな

横浜からの帰り、すぐりとは、彼女の自宅の最寄り駅で別れた。

送って行くつもりだったが、「だいじょうぶ」と言われたので、「じゃあ」と右手を挙げて改札口で見送った。もう一度「送って行こうか？」と尋ねなかったのは、お互いの距離を慌ただしく近づけることに、一抹《いちまつ》の不安を感じたせいかもしれない。

——無理すんな。

おれは、自分に言い聞かせた。

すぐりはコンコースの人波に押し流されながら、何度もふり返って微笑んでくれた。頼りないその姿が見えなくなるまで立ち止まっていた。

すぐりは遊びで付き合うような女の子ではないし、そうするつもりもなかった。そもそも自分には、そういう選択肢《せんたくし》はない。潔癖《けっぺき》を気取るわけではなく、ただ単に不器用なだけかもしれない。

なぜか気分がすぐれなかったのは、帰りの電車で変態オヤジを蹴飛ばしたからではない。あれはあれで自分としては、放っておけなかった。あの男の行為は許せるものではない。やめさせるのにもっとスマートなやり方があるのかもしれないが、自分には難しい気がする。

すぐりには、今日のおれがどんなふうに映っただろう。帰りの電車では、すぐりを怖がらせてしまった。短気な性格だということがばれたかもしれない。まあ、それはそれでしかたのないことだ。すぐりとの今後の付き合い方については、もう少し慎重になったほうがいいかもしれない。

人と人との関係は、距離感が大切だと最近になってようやくわかってきた。いつも近くにいるより、ある程度距離を置いておくほうが、波風が立たない。家族との関係がそうだった。薄情だとか、冷淡だとか言われても、致命的な決裂を招くよりは、賢いやり方のような気がする。でも大切なことは、いつもことが起きてから気づくものだ。

横浜からひとり暮らしの1DKの部屋に帰ると、すぐに飲み物を作った。氷を入れたグラスにジンとオレンジジュースを少量注ぎ、ソーダで割る。グラスに鼻先を近づけると、弾ける気泡と微かなジンの青い匂いが鼻腔《びこう》をくすぐる。地下から生還して酸素マスクを口元にあてられた坑夫になった気分だ。一気に半分くらい飲んで渇いた喉を潤《うるお》した。

部屋でひと息つくと、横浜でのいくつかの出来事が時系列を無視して頭によみがえった。自分の発した言葉や示した態度の端々に嫌気が差す。そんなふうに些細《ささい》なことに気を揉《も》むのはひさしぶりだ。

たとえば同窓会から帰った夜の気分に似ている。その場ではそれなりに楽しくやっているくせに、終わればひどく虚しい。その日、来なかったクラスメイトの顔ぶれがわかると、なぜだか自分のせいのような気がする。自意識過剰かもしれないが、仲のよい男子に「おまえのせいだ」と言われたこともある。そんなとき、なんとなく行くんじゃなかった、と気分が重たくなる。そういえば麻美も中学の同窓会には来ないひとりだ。

グラスの中身を飲み干し、二杯目を作った。今度はオレンジジュースを少なめにして、その分ジンの量を増やした。

横浜という場所にノコノコ出かけたこともよくなかったのだと後悔した。中華街のあの店で「東坡肉麵」を一緒に食べたのもいただけなかった。思い出が邪魔をして楽しめないことなど、最初からわかっていたはずだ。すぐりはいつもとちがうおれの態度に気づいただろう。

「くっくるーる」

不意に鳩の鳴き声が頭のなかで聞こえた。

山下公園のベンチで、すぐりが鳴き真似をした鳩の声。くぐもった響きが本物そっくりだった。おれを元気づけようとおどけてくれたすぐりの気持ちが愛《いと》おしかった。まったく今日のおれは、手のかかる保育園児並みだった。

とがらせた赤い唇が目に浮かんだ。
果《は》たしてすぐりは、おれとの時間を楽しめているのだろうか――。

ふたりで横浜に出かけたあとは、しばらくすぐりとは距離を置くつもりだった。すぐりと会わないことで、自分にどんな感情がわいてくるのか知りたかった。それに仕事の実績が上がっていなかったし、このままでいいのかという漠然とした不安があった。

もともと今の会社に興味を持ったのは、放送局として番組の自主制作に取り組んでいたからだ。自分としては営業ではなく、地域の番組制作に関わりたかった。でも今の自分の立場では、まったくそんな可能性はなさそうだ。それについて上司に訊いてみたいところだが、営業でも半人前なわけで言い出せるはずもない。

横浜へ行った数日後、すぐりから連絡があった。特別変わった様子もなく、いつもの夕食の誘いだった。すぐりは明るく「ねえ、いつにする？」と声を弾ませた。

おれは誘いを断るつもりで、今の仕事の状況と悩みを少しばかり話した。すぐりは口を挟まずに聞いてくれた。おれが話し終えると、すぐりはさっきと同じ調子で言った。

「で、いつにする？」

金曜日の仕事の帰りに待ち合わせ、一緒に食事をすることにした。すぐりは横浜のことは話題にしなかった。おれの仕事内容について聞きたがったので、簡単に説明した。説明には十分もかからなかった。

「そういえばさ、就職して何年目？」

「まだ一年目だよ」

「学年、わたしと同じだったよね」

おれはシーフード・ドリアをスプーンで口に運びながらうなずいた。

「専門学校だったっけ？」

「いや、大学。二年のときに中退したんだ」

「ふーん」と言って、すぐりは湯気の上がっているミネストローネをスプーンの先でかきまわした。

当然理由を訊かれると身がまえたが、すぐりは黙っていた。

不思議に思って彼女を見ていると、「じゃあ、お互い就職一年目じゃない」と握手を求められた。

おれは右手をのばしてすぐりの差し出した指先をさわった。すぐりの思考がよくわからない。気をつかってくれたのかもしれないし、単に興味がなかったのかもしれない。

「営業は苦手？」と訊かれたので、「どちらかといえば」とこたえた。

「お互い、まだ経験が足りないよね」

「まあね」

「どんなお客さんが苦手？」

「うーん、どうかな。やっぱり、年配の人かな」

「お年寄りだ」

「そうだね」

「家族に、お年寄りはいなかったの？」

「いない。父親の両親は早くに亡くなったし、母方の祖母は長生きだったけど、ずっと離れて暮らしていたから」

「なるほど。ご両親は健在？」

「生きてる」

「ご兄弟は？」

「いない」とおれはこたえた。

「ねえ、練習をしてみたら？」

すぐりはスプーンをタクトのようにふった。

「練習？」

「そう。営業の練習。まずは営業で実績をつくらなければ、希望の部署にも異動できないんでしょ。だったら、今の仕事をがんばるしかないじゃん」

すぐりの言葉はもっともだ。

「でも、練習って、どうやって？」

「まずは、わたしがお客さんになってあげるよ」

すぐりは唇の両端をつり上げるようにして微笑んだ。

なんだか馬鹿馬鹿しくも思えたけれど、食事を終えてドリンクバーでコーヒーを淹《い》れてくると、やってみることにした。おれの問題というより、すぐりがひどく乗り気だったからだ。郊外型のチェーン系レストランのテーブルは広く、近くに客はいなかった。

「じゃあ、玄関の呼び鈴を押すところからはじめて」

すぐりが指示を出した。

おれはゆるめていたネクタイの細いほうを引っ張ってキュッと上げ、スーツのボタンを留め、身だしなみを整えた。

おれが右手の指先で呼び鈴を押すふりをする。

「ピンポーン」とすぐりが呼び鈴の役まで引き受けた。

「どちらさまですか？」

すぐりは老人のような嗄《しやが》れ声を出した。どうやら彼女なりの演出らしい。

おれはすぐりを見た。目が合うと、口元がゆるんでしまう。すぐりはかるく顎を引いてすましていた。

すぐりは「まじめに」と目配せした。

おれは笑いをこらえる咳払いをして、気持ちを切り替え、もう一度呼び鈴を押した。

「ピンポーン」すぐりの声。

「あのー、『さくらネット』と言いまして、テレビの有線放送などのサービスをご提供しているんですが」

「テレビ、テレビならうちは映りますけど」

「テレビのほかにもサービスがありまして、たとえばインターネットや電話なども扱っております」

「電話もありますから、ガチャン」

嗄れ声で言った。

「なんだよ、今の『ガチャン』って？」

おれは抗議した。

「インターホンが切れた音」

すぐりは唇をとがらせる。

「まあ、多くがそんな感じなんだよ」

おれはスーツの肩を落とした。

「でも、最初の聞き方に工夫《くふう》が感じられないよ。なんだか声も低いし、愛想がなさすぎる」

「そうかなぁ」

「はい、もう一度」

おれは最初の「ピンポーン」からやり直すことになった。

すぐりは毎回客の声色を変えて、おばあさんになったり、おじいさんになったりしてくれたが、いっこうにドアを開けてくれなかった。一度などは、なぜだか小学生が出てきた。ああ言えばこう言う、最後は「ガチャン」で終わってしまう。なんだかいじわるな女の子と、おままごとをしているみたいだ。おれはすぐりとのやりとりのなかで何度もふき出してしまった。聞けば中学生のときに演劇部だったらしい。

淹れなおしたカプチーノをすすると、「営業はやっぱり厳しいねぇ」とすぐりが訳知《わけし》り顔で言うので、「やったことあるのかよ」とつっこみたくなった。

「営業ってお芝居と一緒じゃない。馬鹿にならなきゃ」と言われる始末。

すぐりと一緒にいると楽しかった。このままこんな関係が続くといいな、と思った。

すぐりがじっとおれの顔を見る。

「なに？」

「ネクタイ似合うじゃん」

言われて、彼女にもらったネクタイを締めていることに気づいた。でもそのせりふは、すでに何度も聞いていた。

すぐりは満足そうに紅茶をすすり、「もうすぐ十二月だね」と思い出したようにつぶやいた。

おれがはじめて付き合ったのは、年上の人だった。

大学に入学すると、川崎《かわさき》にある物流倉庫のアルバイトをはじめた。夕方の六時半から九時半までの短時間のバイトだったけれど、時給がよかった。大学の授業を終えるか、さぼるかして毎日のように出かけた。交際相手は、その物流倉庫会社の社員だった。

おれの仕事は業務が終わった倉庫のなかをくまなく清掃《せいそう》すること。道具は、駅員がプラットホームを掃除するときに使っているような長い柄《え》のついた幅広のブラシと、大きなちり取り。だれもいない倉庫の通路を歩きまわりながら、荷物から落ちた緩衝材《かんしょうざい》や欠けた発泡スチロール、黄色や青の梱包《こんぽう》用の結束バンドなどを、ブラシでちり取りに掃き集める。

アルバイトはおれのほかに六人いた。四人は地元の主婦で、学生もふたりいたが、それぞれ自転車やバイクを使って倉庫まで来ていた。電車とバスで通っているのは、おれだけだった。

ある日、仕事を終えて停留所でバスを待っていたら、バスではなく車が停まった。夜目にも、スポーツタイプのかなり古い型の車だとわかった。

「駅まで乗ってく？」

運転席から声をかけてきたのは女だった。バス停にはおれしかいなかった。だれかと思ったら、アルバイト先の辻本《つじもと》さんだった。彼女はアルバイトへ指示を出す、いわば監督責任者だ。仕事場では髪を後ろで束《たば》ねていたし、ブルーの作業着姿だったので、ずいぶんとイメージが変わって見えた。辻本さんは髪を肩までおろし、胸元の広く開いた春らしいチェックのシャツを着ていた。

バスの到着時刻まで、まだ時間が十分ほどあったから、ありがたく乗せてもらった。辻本さんは入社二年目らしいが、話し方や態度がとても落ち着いた女性だった。アルバイトからは、態度が冷たいとあまり評判はよくなかった。とくに年配の女性は嫌っていた。まだ二十歳過ぎの娘くらいの彼女に、指図されるのが面白くなかったのか、あるいは単なる若さへの嫉妬《しっと》だったのかもしれない。

「今朝、D5前の通路に落ちてたから注意して」

そう言って辻本さんにビニールロープの切れ端を見せられたことが、おれもあった。

辻本さんはおれを駅近くのコンビニの手前で降ろしてくれた。

「じゃあね」

「ありがとうございました」

おれが顔を上げる前に車は発車していた。

それから何度かそういうことがあった。彼女の車に乗せてもらうと交通費が浮いたし、バスを使うよりも早く帰れるため、おれとしてはありがたかった。

駅に着くまでの十五分くらいのあいだ、ハンドルを握った彼女はほとんど口をきかなかった。まるで無愛想な運転手のタクシーに乗り合わせたような居心地の悪さを最初は感じた。そういう自分も積極的に話しかける客ではなく、車内はいつもひっそりしていた。ラジオでもつければいいのにと思ったが、彼女はそうしなかった。沈黙の我慢比べをしているみたいだったが、すぐに慣れてしまった。ある意味では似た者同士だったのかもしれない。

倉庫のアルバイトは約三ヶ月でやめることにした。そろそろ取りかからなければならない個人的な仕事があった。

アルバイトの最終日、辻本さんはバス停の前に車を停めて待っていてくれた。おれはその最後の帰り道で、彼女の横顔を長いあいだ眺めた。長いあいだといったって、たかだか一分足らずのことだったと思う。そんなふうに彼女をひとりの女として見つめたのは、はじめてだった。窓からの風に長い髪をなびかせている痩せた面立《おもだ》ちは、どこか陰があり、人生が楽しそうには映らなかった。見ようによっては端整と言えるが、薄い化粧はなにかを際立たせようとすることを、敢《あ》えて望んではいないような気すらした。

いつも降ろしてもらうコンビニが近づいてきた。

「ありがとうございました」

降りる前におれが言うと、「お疲れさま」と彼女もいつもの言葉を使った。

車が左に寄って停まり、ハザードランプが白いガードレールをオレンジ色に点滅させた。

おれはなんだか急に、このままこの人と別れていいのだろうかと不安になった。何度も車に乗せてもらったのに、彼女のことは、ほとんどなにも知らない。車を降りてしまえば、おそらく二度と会うことはないはずだ。

降りるのを躊躇していると、「どうしたの？」と訊かれた。

「おれ、今日で最後なんで」

「そうだったね」

沈黙が車内を支配した。

彼女はなにも言い出さなかった。

おれは思い切って「今度お礼に、食事でもいかがですか？」と誘ってみた。そんな言葉を女の人にかけたのははじめてだった。

「え？」

訊き返されたおれは、「いや、ご迷惑でしたら」とあわててドアを開けようとした。

「ご馳走《ちそう》してくれるの？」

彼女が早口で言ったので、おれは動きを止めた。

「——なんて嘘だよ。短いあいだだったけどまじめにやってくれたから、わたしがご馳走してあげる」

彼女は言うと、煙草《たばこ》をくわえて車のシガーライターで火を点けた。

彼女が煙草を吸うことさえ、おれは知らなかった。

「じゃあ、行こうか？」

「今からですか？」

「なんだ、やめとく？」

一瞬戸惑ったが、「いえ、行きます」とこたえた。

彼女は車を横浜方面へ走らせた。

「車の免許は？」

「今、教習所に通ってます」

「そう、早く取ったほうがいいよ」

「どうしてですか？」

「だって、車ならいろんな場所へ行けるでしょ」

「そうですね」

「なにが食べたい？」

「好き嫌いはとくにないです」

「食べたいものは？」

「なんでも」

「もういいよ」

辻本さんは言った。

「えっ？」

「もうアルバイトじゃなくなったんだから、お互い肩の力抜こうよ」

「あ、そうですね」

おれがこたえると、彼女は声を出して笑った。

心持ち車のスピードがいつもより速くなった気がした。おれはドアの窓を勝手に全開にした。夜風が気持ちよかった。

ステーキハウスで食事をして駅に送ってもらうまで、辻本さんは堰《せき》を切ったようにしゃべり続けた。何度も声を出して笑った。三歳年上の辻本さんとおれはすっかり打ち解け合ってしまった。この三ヶ月はいったいなんだったのだろう。

アルバイトをやめたのに、おれはあいかわらず川崎の物流倉庫近くのバス停まで行き、彼女の仕事が終わるのを待った。最初は呼びにくかったけれど、美嘉《みか》という名前で呼ぶようになった。

ある日、「車ならいろんな場所へ行ける」と言った美嘉の運転でモーテルに入り、はじめてセックスをした。おれがぎこちない手つきで避妊具を使おうとすると、「最初くらい付けなくていいよ」と言われた。「最初」という意味がよくわからなかったが、おれは従った。はじめてだったおれは、避妊具を使わないまま美嘉のなかで射精してしまった。

あわててティッシュの箱を取ると、「だいじょうぶ」と美嘉はやさしく言った。

「どうして？」

今度は訊いてみた。

一刻も早くシャワーを浴びるべきではないかと浅知恵を働かせたが、美嘉はベッドで煙草を吸いはじめた。その、やけに落ち着いた態度が解《げ》せなかった。

それから「だいじょうぶ」と言った理由を美嘉は口にした。「だって、もう妊娠してるから」と。

おれは呆然とした。

「もちろん、あなたの子じゃない」

美嘉は付け加えた。

「じゃあ、だれの……」

言いかけると、美嘉が首を横にふって、煙草の煙を吐いた。

「忘れたいの。だから、その話はこれ以上しない」

おれは急に怖くなった。

それなのに誘われるがままに、もう一度美嘉を抱いた。

それからしばらくして、美嘉と一緒に旅に出た。その旅を最後に、おれたちは別れた。

それは、おれが望んだことではなかった。

美嘉は、おれの前から消えてしまった。

じゃあ、どうして？

この人はもしかしたら気が短いのかもしれない、と最初に感じたのは、たぶん出会ってからはじめて迎えたクリスマス・イブのことだ。案外出不精《でぶしょう》の草介が、クリスマスなんて自分には関係ないと言い出して外出を拒《こば》んだ。

「意味もなく浮かれている連中を見ると、虫酸《むしず》が走るよ」

電飾をぐるぐる巻きにされた銀杏《いちょう》を見上げて草介は顔をしかめた。たしかに黄葉した銀杏は、そのままでもじゅうぶんに美しいはずだった。

「じゃあ、草介の部屋に行く」

わたしが言うと、「べつにいいけど」とそっけなくこたえた。

クリスマスなんて自分には関係ない、という草介の言い分はわかる。わたしだってクリスチャンではないし、かといって仏教徒というわけでもない。でも、それを言ってしまえば、バレンタインデーも、ホワイトデーも、あるいは初詣《はつもうで》も、そしてあらゆる記念日が関係ないということになりはしないか……。それはそれで、つまらない気がした。

その日、仕事帰りにレンタルビデオショップで草介と待ち合わせをした。約束の時間に遅れていくと、草介はホラー映画の棚の前に立っていて、「遅いぞ」と叱られた。

せっかくだから映画のDVDを借りようと草介が言うので、わたしはラブロマンスの棚へ向かおうとしたが、草介は目の前の棚から一本のDVDを抜き取り、「これに決めた」とつぶやいた。

「なにそれ?」

「冬にぴったりの映画」と草介は言った。

クリスマス・イブにホラー映画を観るなんて、と思ったけれど、そもそも草介にとってクリスマス・イブは関係ないわけだからあきらめることにした。それに部屋でふたりっきりでホラー映画を観ようとする男の魂胆がうすうす見えた気がした。わたしも望むところだった。

草介の部屋でテイクアウトのお弁当を食べながら、さっそく映画を観た。こざっぱりとした部屋にソファーはなく、小型テレビの前の草色のカーペットにふたり並んで体育座りをした。少し冷えるので一枚の毛布を分け合って膝に掛けた。草介は赤ワイン、わたしはシャンメリーを飲んだ。

映画は八〇年代のホラー映画。ずいぶん昔の映画だなと思ったけれど、草介によれば今は亡き映画界の巨匠《きょしょう》による作品らしい。たしかに冒頭からぐいぐいとストーリーに引き込まれていく。

　雪で閉ざされたホテルの一室に、額《ひたい》の禿《は》げ上がったおじさんが斧《おの》を持って押しかけてくるシーンで、思わず草介に肩を寄せたら、「くっつくな」というふうに肩で押し返されてしまった。どうやら草介の魂胆を読みちがえたようだ。草介はテレビ画面を食い入るように見ていた。そこまで自分の世界に入り込むなよ、と言いたくなった。

　草介がなぜこの映画を選んだのか知りたくて尋ねたら、斧を持ったおじさんが知り合いに似ているから、と言われた。だから、ときどき懐かしくなって観たくなるらしいのだが、ふつうに考えればそんなわけはない。草介は、ちょくちょくそういう類の嘘をつく。ジョークのつもりかもしれないが、まじめな顔で言うので戸惑う。明らかなのは、草介が以前にもこの映画を観たことがあるということだ。いったいだれと一緒に観たのだろう。そのことが気になった。

　ようやく斧を持ったおじさんが雪の迷路で凍死して映画が終わってくれると、紅茶を淹れてイチゴのショートケーキを食べた。草介は映画について語ろうとはしなかった。こういうとき、なにかと語りたがる男というのも厄介《やっかい》だが、なにも言ってくれないのも物足《ものた》りない。草介は、もの思いに耽《ふけ》っているような顔をしている。

　わたしは保育園でのクリスマス会の様子を話した。子供たちはサンタクロースを真剣に信じていて、会の途中でサンタクロースが現れると、会場はもう興奮のるつぼとなる。実際、年少児のカズ君は、熱を出してしまったくらいだ。サンタクロースに扮《ふん》しているのは太った理事長なので、わかりそうなものなのだけれど。

「子供って、純粋だよね」

わたしが言うと、「そうだね」とあまりそう思っていないような口ぶりで、草介はこたえた。

「ねえ、サンタクロースって、いくつの頃まで信じてた？」

草介の子供時代の話が聞きたくて、それとなく尋ねた。わたしは自分の話を聞いてもらうのではなく、草介の話が聞きたかった。

「サンタクロース？　小学校の低学年くらいまでは、信じてるふりをしてたかな」

「なにそれ？」

「だって信じてないと、プレゼントもらえないだろ」

草介は首を曲げてショートケーキの断層を眺めている。

ひねくれた子供だったのかと一瞬思ったが、まあそういうこともあるかもしれない、と思い直した。

「サンタさんにもらったプレゼントのなかで、思い出に残っているものとか、ある？」

「さあね、あまり覚えてない」

草介の口調が投げやりになった。

「そんなこと言わずに、思い出してよ」

わたしは草介の膝をぽんぽんと叩いた。

「なんだろうな……しいて挙げるとすれば、ライフル銃かな」

「ライフル銃？」

「そう。いわゆる空気銃ってやつ」

サンタクロースが子供に銃を贈るなんて、あまり聞いたことがない。

「ほしかったんだ、すごく」

「そのライフル銃でなにをしたの？」

「的《まと》が付いていたから、最初はそれを狙って撃っていたけど、そのうちやっぱり動くものを撃ちたくなるでしょ」

「なにを撃ったの？」

「母親のケツとか、鳥とか」

「撃っちゃったの？」

「ケツに当たったってたいして痛くないよ。鳥は狙ってもどうせ当たらない。それに外で撃つと弾がなくなるしね。でも、フツーなことだと思うけど、男の子にとって」

「ふうん」とこたえるにとどめた。

たしかに子供というのは、残酷《ざんこく》とも言える一面を持っている。突然、躊躇なく昆虫を足で踏みつけたりする。

わたしはもっと草介のことが知りたくて、子供の頃のことをいろいろと訊いてみた。草介が子供の頃にどんなものに興味を持ったのか、どんな遊びをしたのか、どんな場所で過ごしたのか。草介はあまり気乗りしない様子だったけれど、ぽつりぽつりと話してくれた。

「じゃあ、どんな生き物を飼ってた？」

そう訊いたとき、草介は急に瞳に苛立ちの色を浮かべた。

「もういいだろ、そんな昔の話」

「聞かせてよ」

口をとがらせたら、草介は突然わたしの両手首をつかんで、わたしを自分のほうへ向かせた。そして、目が合うといきなり唇に唇を押し当ててきた。

突然だったので、かなり焦った。はじめての口づけが終わったとき、わたしは水面に浮かんだ金魚のように思わず「プハッ」となってしまった。

「どうしちゃったの？」

うれしかったけれど、思わず驚いてみせた。

「いいだろ？」

訊き返されたので、小さくうなずいた。

　草介は子供のようにわたしの腰に抱きついてきた。話はそこで途切れてしまい、黙ったままカーペットにふたりでころがり、またキスをした。倒れ込んだわたしの顔の近くにあった電気ストーブの銀色の反射板に、絡まり合う男女が映っていた。草介とわたし。顔が熱く火照《ほて》った。こんなにもあっけなくことが運んでよいのだろうかと思いながらも、草介にからだを委《ゆだ》ねている自分がいた。

　しばらくすると、わたしの胸に顔をうずめるようにした草介の動きが止まった。草介はわたしの下半身には手をかけなかった。この日のために新調した下着は活躍の機会をあっけなく失ったようだ。

　草介は横になったまま、自分から子供の頃の思い出話をはじめた。なんだか罪滅ぼしのために聞かせてくれているみたいで、複雑な気分になる。わたしは、はだけたブラウスを直しもせずに天井を見上げたまま話を聞いた。

「おれ、これまでなにかを飼ったこととか一度もないんだ。子供の頃、何度か親にせがんだけど、許してもらえなかった。メダカも、ザリガニも、カブトムシも、犬も、夏休みの自由研究にする蟻《あり》でさえね」

　草介の声には悔しさがにじんでいた。

「どうしてかな？」

「まあ、庭のない団地だったからね」

「でも、小さな生き物なら、飼えるじゃない」

「親の言ったことは、おれの家では絶対だった。理由は、よくわからない。死んだらかわいそうだからって、母親にはいつも言われたけど。でも、ホントは生き物が嫌いなだけなんだよ。犬も猫も鳥も虫も、それから人間も」

「人間も？」

「たぶんね」

「そうなのかなぁ」

わたしは草介の家庭環境を想像しようとしたけれど、うまくいかなかった。

「すぐりは、なにを飼ったことがある？」

「うちは、わりとみんな動物好きだから、いろいろ飼ってたよ。金魚でしょ、インコ、犬は二匹、猫、それに亀とか……。今はみんな死んじゃったから、庭の小さな池にボーフラと一緒に金魚が棲《す》んでるくらいだけど」

「はっきり言って、うらやましいよ」

草介は子犬を撫でるようにわたしの髪に触れ、微笑んだ。そのどこか哀しげな笑顔に心を惹《ひ》かれた。冬の朝、庭の小さな池に張った氷をつつくように草介の頬に触れた。でもそのとき、この人はなにかを隠している、そんな気がした。氷の下でさっと動く小魚のように、草介の口元の笑みが消えた。

「もっと聞きたいな、子供の頃の話」

「どうして？」

「もっと草介のこと知りたいの」

「なんのために？」

草介は語気を強めた。

「好きな人のことを知りたいと思うことが、そんなに不思議？」

草介はわたしの質問を無視して、「おれの過去を知ったところで、なんの役にも立たないよ」と言い、そっぽを向いた。

「だって、その人の過去を知ることで、その人の今がわかるでしょ。もっとお互いに理解し合えるじゃない」

わたしが言うと、草介は静かにため息をついた。

「まちがってる？」

「幻想だよ、そんなこと。記憶ほど、曖昧《あいまい》なものはない。そういうものに惑わされる場合もある。今のおれは、今のおれでしかない。過去となんて繋がっていない」

草介は言い切ると、殻《から》に閉じこもるように背中をまるめ膝を抱えた。

はじめて耳にする意見だった。でも、それは願望に過ぎないように思えた。草介は昔のことを訊かれることが面白くないらしい。家族のことも話したがらない。なぜなのだろう。でも、その理由を教えてはくれなかった。

そんなふうにぶつかり合ったのははじめてのことだ。わたしは、それ以上尋ねることをあきらめた。なんだか草介を責めているような気分になった。

クリスマス・イブとか関係なく、わたしと草介にとって、その日はある意味で一線を越えた夜になった気がした。肉体的なハードルではなく、精神的な意味での交流として。それはそれでふたりの関係が一歩前進した。そうとらえることもできる気がした。

でも、わたしはあきらめたわけではなかった。草介の過去について再び尋ねるつもりだった。なぜならわたしは、将来この人と一緒に暮らすかもしれないと思いはじめていたから。


クリスマス・イブを一緒に過ごした六日後、草介と上野《うえの》に向かった。職場の同僚に教えてもらったスポーツ用品の安売りショップへ行きたいと言うと、草介もアウトドア系の上着を見たいと話に乗ってくれた。

「また遅刻だぞ」

待ち合わせ場所の駅で、草介はスローモーションでパンチをくりだしてきた。わたしはすかさずお返しのボディブローをお見舞いしてやった。

「まったく、時間くらい守れよな」

草介は小さく舌打ちした。

上野に到着し、目的の店を探し、保育園で着るジャージの上下二着を購入した。保育士にとってジャージは、サラリーマンのスーツみたいなものかもしれない。

草介は山登りに着るようなグリーンの厚手のパーカをフィッティングルームで試着した。

「どうかな?」

「うんうん、いい感じ」

一緒にフィッティングルームに入りこんだわたしはうなずいた。

「こういうやつがほしかったんだよね」

鏡に自分を映した草介が言った。

わたしが顔を寄せてわざと唇をとがらせると、草介はキスをしてくれた。草介との距離を確実に縮めているという実感がわいた。

レジで店員さんにタグを外してもらった草介は、着ていたフリースの上に、買ったばかりのパーカをそのまま羽織《はお》った。ずいぶんと気に入っている様子が、自分のことのようにうれしかった。

草介の腕に自分の腕を絡ませ、大晦日《おおみそか》を明日に控えたアメ横商店街を歩いた。景気が悪いといいながらも、通りは人の群れでごった返していたし、威勢のいい売り子の声があちこちで上がり、道行く人の顔はどこかゆるんでいる。でも一番浮かれていたのは、このわたしかもしれない。草介のからだに張り付くようにした。

「ねえ、そういえばクリスマス・イブに一緒に映画を観たじゃない。あの額の禿げ上がったおじさんは、どうして斧を持って家族を追いまわしたりしたわけ？」

わたしは、ふと思い出して言った。

「どうしてかな」

「草介もわからない？」

「まあ、なんとなくならわかるよ」

「じゃあ、どうして？」

「知りたいなら、もう一度観ればいい」

そっけなく言われた。

わたしは草介みたいに同じ映画を何度も観たいとは思わない。そんな草介の習性も理解しがたかった。

それから、あの日、訊けなかったことを口にした。

本通りから一本外れた人通りの少ない通りに入ったときのことだ。不意に違和感を覚え、ふと隣に目をやると、草介がいない。握っていたはずの手は、いつのまにか離れていた。

――え？

忽然《こつぜん》と草介は消えていた。

ジャージの入った紙袋を手に提げたわたしは、路上に立ち止まり、人込みのなかにグリーンのパーカを捜した。最初は、ふざけて隠れたのだと思った。驚かせようとして、わざといなくなったのだと。だから、近くの物陰から草介がすぐに現れるものと信じていた。でも、いつまでたっても草介は出てこない。

――もしかして、トイレ？

それならひと言声をかけて行くはずだ。そんなはずはない。

道路の真ん中に立ち止まっているわたしを、見知らぬ人が迷惑そうに避けて通り過ぎて行く。急に不安が足元から冷気のようにしんしんと昇ってきた。どうやら本格的に草介とはぐれてしまったようだ。

わたしは来た道をもどってみたり、先に進んでみたりしたが、草介を見つけることができなかった。

そうだ、と気づいて、ポケットからケータイを取り出し草介の番号にかけた。呼び出し音を十回鳴らしても、草介は電話に出なかった。草介もわたしとはぐれたことにすでに気づいているはずだ。それなのに草介は電話に出ないし、連絡もくれなかった。

――なぜ？

なにか事件にでも巻き込まれたのだろうか。想像が飛躍する。

師走《しわす》の冷たい風が耳を引っ張るみたいに痛く感じた。見上げると、商店街の庇《ひさし》の上に冬の青空があった。あたりまえだけれど、上空にも草介の姿はない。彼をさらっていった怪しげな宇宙船が浮かんでいるわけでもない。

ケータイを握りしめたまま同じ場所をぐるぐると三十分くらい歩き続けた。方向音痴《おんち》のわたしは、まるで飼い主から置いてきぼりをくった子犬のようにさまよった。草介はどこ？　草介はどこ？　きょろきょろしながら、ひとりぼっちで歩いた。

歩きながら草介が消える前に交《か》わした会話を思い出した。わたしはあのホラー映画を、最初にいつだれと観たのか草介にしつこく尋ねた。草介が消えたのは、その直後のことだった。

横断歩道を渡ってジャージを買った店にもどろうとしたそのとき、手にしたケータイが震えた。着信画面を確認すると、草介からだった。

「どこ？　どこにいるの？」

わたしが言うと、だれかが肩を叩いた。

ふり返ると、そこに草介が立っていた。

「どうしたの？　どうしていなくなったの？」

わたしは目の前に草介がいるというのにケータイで話していた。喜びと驚きがごちゃまぜになって泣きそうになった。草介はうっすらと笑みを浮かべていたけれど、どこかバツが悪そうだった。

「ごめん」と言われた。

なにが「ごめん」なのかわからなかった。

わたしはケータイを耳から下ろした。

「だれかと偶然に会ったの？　それで、その人とどこかに行っちゃったの？」

わたしは想像をめぐらして思いついたことを口にした。

「ちがうよ。だれとも会ってなんかいない」

「じゃあ、どうして？」

自然と責める口調になった。

草介は唇の端を強く結ぶようにしてから言った。「おれ、ときどき、消えたくなるんだ」

意味がわからずに、わたしはますます混乱した。

「それって……」

言いかけて、やめた。

人には、人それぞれの感情の発露の仕方というものがある。それは理解できるつもりだ。でもあのとき、草介がなぜそのような行動をとったのか、わからなかった。映画を一緒に観た相手について問い質《ただ》したからだろうか。あるいはわたしのことが急に疎《うと》ましく思えたのだろうか。

「帰ろう」

草介は、わたしの手から荷物を取り上げた。静かな着地点を求めるような口調だった。

「——そうだね」

わたしは小さくうなずいたけれど、その態度とは裏腹に胸の鼓動が高鳴った。近づいたはずの草介との距離が、また遠のいた気がした。草介がいったい今なにを考えているのかわからなかった。

草介の一メートル後ろを、背中を見つめながら、わたしはとぼとぼ歩いた。

「その人の人柄が出るというのは、いったいどんなときかな」

わたしはなにげなく尋ねた。

「そりゃあ、うまくいっているときは、だれでも良い人なのよ。やっぱり人間、なにかことが起きたとき、本性が出るだろうねぇ。そういうとき、人柄も一番わかるんじゃないのかね」

好物の黒胡麻《くろごま》の南部《なんぶ》せんべいの耳をぱりぱり食べながら、加世子さんは微笑んでいる。

それって、人の感情でいうところの喜怒哀楽で言うなら「怒」のときだろう。

「お正月にハゼの彼氏を連れてこい」と家族に言われた。少し前までは、それもいいかもしれないと思っていた。でも、今回はやめることにした。

——まだ早い。

でも、そんな日がいつか来るといいなと思いながら、加世子さんの煮た、見事にしわのない黒豆を箸の先でつまんだ。

すぐりが最初におれの部屋を訪れたとき——あれはたぶんクリスマス・イブだったと思う——すぐりにキスをしたのは、おしゃべりなとがった口を塞《ふさ》いでやりたくなったからだ。やけに緊張した様子だったけれど、おれはどこかで冷静に彼女を観察していた。

すぐりの赤い唇が、キスをせがんでいるような気がして、だったらそうしてやるのが、勇敢《ゆうかん》におれの部屋を訪れたすぐりに対する礼儀というか、数少ない自分にできることのような気がした。

好きだとか、付き合うだとか、そんなことはお互い確認していなかったけれど、そういう経過については、さして抵抗を感じなかったのかもしれない。付き合う前にセックスに至る男女だってたくさんいるわけで、男の部屋に女が来ることの予定調和的な意味くらいわからないではない。でもおれは、すぐりにそういうものを強く求めていたわけではなかった。たぶん、そのときは……。

だったら、なぜすぐりと会うのかと自分に問いかければ、うまく説明できないけれど、すぐりには人との関係に臆病《おくびょう》になっていたおれの気持ちを和《なご》ませる〝スキ〟のようなものがあったせいかもしれない。その微妙な〝ゆるさ〟が、おれにとって心地よかった。月並みな表現を使えば、おれの日常は毎日が同じ繰り返しだったし、どこかで退屈だった。すぐりと会うことを拒む理由はさして見当たらず、そのとき誘いを断ったとしても、すぐりは「じゃあ、今度いつ会う？」と尋ねてくるに決まっていた。

この世のなかのカップルの多くは、確信のないまま共に時間を過ごしている、そんな関係に過ぎない気がする。お互いを理解する間もなく付き合い出し、お互いを認めるための材料を見つけるために、同じ時間を過ごしている、といってもいい。だから多くの場合、長くは続かない。

すぐりでないと駄目だなんて確信は、おれにはない。いつかすぐりとの関係は、自然消滅するような気さえしていた。物事に永遠なんて、ないわけだし――。

そんなおれが、すぐりを最初に愛おしく思ったのは、師走の上野を訪れたときのことだ。せっかく気分よく買い物をしていたというのに、すぐりはクリスマス・イブの夜にふたりで観た映画について触れ、おれがその映画をいつだれと観たのか聞き出そうとした。

おれがどんな恋愛をしてきたのか、すぐりが以前から知りたがっているのは薄々感じていた。映画は以前付き合っていた女と観たと推測したのだろう。適当にごまかせばよかったのかもしれない。

雑踏のなかで、夢中で話をしているすぐりの手をなにげなく離すと、その場に立ち止まってしまった。すぐりはまったく気づかずに、人の濁流《だくりゅう》に押し流されるようにして遠ざかっていった。

——なんで気づかないんだ。

そう思ったけれど、人込みに消えていくすぐりを見つめながら茫然《ぼうぜん》とした。

自分から手を離し、立ち止まったわけだけれど、自分のほうが置き去りにされたような気になった。すぐりは、すでにおれが隣にいないのに、夢中で話し続けているにちがいなかった。

単にすぐりを困らせてやろうと思ったわけではない。おれは、消えたいという衝動を抑えることができなかった。どこからとか、だれから、というわけではなかった。ただ、すぐりがおれの過去を思い出させる引き金を引いたことだけはたしかだ。

そのまま家へ帰ってしまおうかと駅に向かいかけたが、思いとどまった。すぐりに問題があるのではなく、たぶんおれ自身に欠陥《けっかん》があるのだ。すぐりが聞きたがる自分の過去に追い立てられ、自分に苛立っただけだ。おれは買ったばかりのパーカを脱《ぬ》ぎ、距離を置いてすぐりのあとをつけた。

すぐりはしばらくすると突然立ち止まり、自分の右手をじっと見るようにした。まるで手相の運命線でもたしかめるみたいに。ようやく隣におれがいないことに気づいたのか、背筋をピンと伸ばし、きょろきょろとあたりを見まわした。それから、なぜだか空を見上げた。

すぐりの仕草は、迷子になった幼児のようであり、保育士が務まるとは信じがたかった。道行く人たちは、通りの真ん中で立ち往生《おうじょう》しているすぐりの横を、怪訝《けげん》そうな顔をして通り過ぎていった。そんなすぐりの姿がおかしくて、笑いがこみ上げてきた。

そのタイミングですぐりに駆け寄って、背中を小突いてやれば、たぶん笑い話で済んだはずだ。すぐりが頬をふくらませ、赤い唇をとがらせ、おれを何度かパンチしたら、アメ横の街を再び歩きはじめたにちがいない。ふつうのカップルなら、そんなところだろう。おれには経験はないけれど、あるいは仲のよい親子だって……。

でもおれは、そうしなかった。

――というか、できなかった。

ただ、すぐりを遠くから眺めた。

すぐりは必死になっておれを捜しはじめた。さっきまでのピクニック気分の笑顔が一変して、深い森に迷い込んだように表情を曇らせ、今にも泣き出しそうだ。おれを捜し続けるすぐりの姿は、おれの心を揺さぶった。自分がいなくなったことを悲しんでくれているすぐりが、ひどく愛しく思えた。今のすぐりを救えるのは、この世のなかでおれひとりだと自覚した。

すぐりが聞き出そうとした、ホラー映画「シャイニング」を最初に一緒に観たのは、学生時代にバイト先で知り合った年上の女性、辻本美嘉。映画を観た場所は、美嘉の運転する車で入ったモーテルと記憶している。そのとき偶然テレビでやっていたに過ぎなかった。

「シャイニング」は、スティーヴン・キングが書いたホラー小説をスタンリー・キューブリック監督が映画化した作品だ。大雪に閉ざされる冬季には、営業を休止するホテルの管理を任された家族のストーリー。呪われたホテルで孤独な一冬を過ごすうちに、父親が精神的に破綻《はたん》を来《きた》し、遂《つい》には自分の家族を、手斧を持って追いかけまわすようになる、そんな展開の話だ。その映画を観たおれは、美嘉の前で思わず涙をこぼしてしまった。

「どうしたのよ?」

裸にシーツを巻き、煙草を吸っていた美嘉に笑われた。

おれは首をふり、恐怖と、そして懐かしさに耐えていた。

俳優のジャック・ニコルソン演じる小説家志望の父親ジャック・トランスは、おれの父親にひどく似ていた。とくに歯をむき出してニタリとする下卑《げび》た笑いは、記憶とそっくりだった。

「泣くような映画じゃないと思うけどな」

美嘉は言い、おれの耳に煙草の煙を吹きかけた。

おれは涙をごまかすために、美嘉のくびれた下半身、子供を宿している柔らかな場所に顔をうずめた。

訊くんじゃなかった

出会った翌年の春、わたしと草介は週末外房《そとぼう》にドライブに出かけた。泊まりもありかな、と思ったけど自分からは言い出せなかった。もうそろそろ、そういう時期にふたりは来ているような気がした。

上野での一件は、よくわからないまま曖昧《あいまい》にしてしまった。草介と長い時間一緒にいることで、もっと彼に近づきたかった。もしかすると、あの日のことは忘れてしまいたかったのかもしれない。

海に出る手前で、沿道に立ち並ぶ「イチゴ狩り」のピンク色のノボリを見つけた。

「寄っていこう！」とすかさず声を上げた。

混み合った駐車場に停めた車から降り、料金表を見た草介が、「やめない？」とひと言。

たしかに草介の言わんとすることは、わかった。料金はひとり千五百円。ふたりで三千円というのは、ずいぶん高い気もした。「三十分イチゴ食べ放題！」というのも、なんだか微妙なありがたみだ。

「だったらさ、この近くの八百屋《やおや》で地物のイチゴをワンパック買って、海辺でのんびり味わおうよ」

草介のアイデアは悪くなかった。そうすれば苦手とする雑踏《ざっとう》もないし、おそらくイチゴ狩りの半額以下で済むだろう。

「でもさ、せっかく来たんだから」

わたしは草介の手を引いた。

人集《ひとだか》りのできた受付で別々に料金を支払い、イチゴにつけるコンデンスミルクのパックとイチゴのへたを入れる小さなビニール袋を受け取った。草介はさっさと行ってしまったので、スタッフが説明する諸注意はひとりで聞いた。

早春の陽光に照らされたビニールハウスのなかに入ると、わたしは思わず「うっ」とたじろいだ。むせ返るようなイチゴの甘い匂いに包まれたからだ。

「なんだこれ、イチゴの匂いで、むんむんするね」

草介もどうやらイチゴ狩りは初体験らしい。

ハウスのなかは意外にも広く、畝《うね》が何列も奥へと延び、家族連れやカップルがそれぞれにばらけて、思い思いにイチゴを摘んでいる。

「最初は、ミルクをつけないで食べたほうがいいらしいよ」

わたしは受付のスタッフの話を受け売りにした。

「ほんとかよ」

草介は人の少ないほうへ向かった。

わたしは葉を茂らせたイチゴの株にさっそく手をのばした。かわいい白い花にはミツバチがとまっている。そのミツバチをおどかさないように赤いつやつやの実をもいだ。

「すぐり、やっぱりコレ、別物だな！」

草介の弾んだ声がした。

「どうして？」

「ほら、よく見てみ。イチゴの表面のツブツブが、へこんでないぞ」

「あ、ホントだ」

「どれ……」

草介は緑色のへたをつまんでほおばると、目をまるくして見せた。

「甘い？」

「ていうか、ジュワッとくるね。すごくジューシー、これはいい」

「だから言ったでしょ？　食べてみなきゃわからないって」

わたしも小ぶりのイチゴを口に含んだ。唇の感触だけで、いつも食べているイチゴとのちがいがわかった。ザラザラしておらず、ツルツルしている。口をすぼめるようにして、口蓋と舌で挟むと、果汁が口一杯にひろがり、イチゴの風味が鼻腔《びこう》に抜けていく。

「見て見て、こいつ、すぐりの唇に似てる」

草介がかたちの変わったイチゴを手にして、わたしの唇に押しつけようとする。

「やめろ！」と叫んで逃げた。

わたしたちはふざけながら、イチゴ狩りを楽しんだ。草介はすっかり機嫌《きげん》をよくして、いい色に熟したイチゴを食べまくった。わたしも喉元までイチゴの汁がこみ上げそうなくらい食べ過ぎて苦しくなった。とても三十分も食べていられそうにない。イチゴだけでお腹が一杯になってしまった。

「もぎたてのイチゴの姿はこうだったんだな。おれたちが食べてたイチゴは、じつは干《ひ》からびたイチゴだったわけだ」

草介はそう感想をまとめた。

わたしは加世子さんの言葉を思い出していた。加世子さんは果物を冷蔵庫で冷やしすぎるのを嫌う。冷蔵庫のなかに果物を長時間入れておくと、果物は水分を失ってしまうと言っていた。それに冷やしすぎると甘さを感じなくなる。そういえば赤ワインだって常温で飲んだほうが、味がする。ハウスのもぎたてのイチゴは少々生温かい気もしたけど、すごくジューシーで、なおかつ甘い。

少し離れた場所に家族連れがいた。畝を挟んで若い父親と母親がなにやら言い合っている。声の大きさを抑えているけれど、どうやら口喧嘩をしているらしい。髪を茶色に染めた母親はバーバリーのボストンバッグを手にしていた。手ぶらの父親の背後には三歳くらいの女の子。肩まで髪をのばした女の子はコンデンスミルクのパックを手にして、父親をあと追いしている。

女の子をなにげなく見ていたら、父親が畝を飛び越そうとした。奥さんの荷物を受け取るためだったのかもしれない。ちょうどそのとき、後ろにいた女の子が地面にしゃがみこんだ。畝の向こうに飛ぼうとした父親の後ろ足が大きく跳ねて、黒いブーツの踵《かかと》が女の子の額を蹴り上げるかっこうになった。

「あ！」と思わず声を上げた。

女の子は後ろにのけぞり、イチゴの株に尻もちをついた。まるで放り投げられた人形のような動きで。

「え？」という感じで父親がふり返る。

少しの間を置いて、大声で女の子が泣き出した。眉の上あたりから、熟《う》れたイチゴのような赤い鮮血がふくれだし、ぽたぽたと落ちた。

驚いた父親はもう一度畝をまたぎ、娘を抱き上げた。母親の顔がゆがみ、手にしていた荷物を放り出した。

「だいじょうぶですか？」

草介が声をかけたが、父親には聞こえていないようだった。

夫婦は子供を奪い合うようにしてハウスの出口へ急いだ。畝の土を覆《おお》っている黒いビニールの上に、赤い血溜まりができていた。

「だいじょうぶなわけ、ないよな」

草介はつぶやいた。

「たいしたことなければいいけど」

わたしは草介の手を握った。

しばらくしてハウスの受付にいた女性が奥さんの荷物を取りに来た。両手で持ち上げたボストンバッグは、やけに重たそうだった。

わたしたちはイチゴを食べる気を失い、ハウスをあとにした。結局、もらったコンデンスミルクは使わなかった。駐車場を出てから、サイレンを鳴らした救急車とすれちがった。

車のハンドルを握った草介は口を開かなかった。あの親子のことを考えているような気がした。車は海沿いの道に出て、南に向かった。

「あのお父さん、娘の顔に傷が残ったら、一生後悔するのかな」

わたしは白波の立つ海を眺めながら言った。

「どうかな……」

草介は目を細めるようにした。

海は車窓からすぐに消えて、沿道には延々と松林が続いている。海が見えないのは残念だったけれど、気持ちいいくらいまっすぐの道路だった。

「おれ、ああいうの弱いんだよ」

草介は前を向いたまま言った。

「ああいうのって?」

「イチゴ狩りのときにいた家族。夫婦喧嘩してたろ。あの女の子だって気づいてたと思う。どうしてパパとママは、こんなところで喧嘩してるんだろうって」

「そうかもね」

「子供の泣き声聞くと、なんだかいたたまれなくなるんだよな」

草介は余計な空気を抜くように長いため息をついた。

「ねえ、草介は子供が好き?」

わたしは、まぶしそうにしている横顔を眺めながら訊いた。

「子供?」

「そう」

「好きとか、嫌いとか、別にないと思うけど」

「そうなんだ」

「大人と子供なら、子供のほうがいいかな」

「へえ、そう」

「だと思う」

「最近は、子供をつくらない夫婦も多いよね。草介はどう思う？」

しばらく考えたあとで「おれには、そんなこと語る資格ないよ」と草介はこたえた。

「資格なんていらないよ」

「そうじゃなくて、おれ、育てたことないもん」

「わたしだってないよ」

驚いて言い返した。

「すぐりはあるだろ。金魚もインコも犬も飼ったことあるって、言ったじゃないか。今だって、毎日保育園で子供の面倒をみてるわけだし」

「そういう意味？」

「そう」

「わたしはほしいな、ふたりか三人」

「すぐりは子供好きだもんな」

草介は口元をゆるめた。

草介は子供がけっして嫌いではない。不安なだけなのだ。その不安がどこからくるのかは、よくわからない。でもなんだかすごくホッとした。

「わたしね、子供をつくる気のない人と結婚するつもりはない。だから、そういう人とは付き合う気もない」

わたしは思い切って言った。

草介はその考え方を肯定《こうてい》も否定もしなかった。

「それに結婚前であろうと、浮気したら別れる」

「いろいろと厳しいね」

「そんなのあたりまえじゃん」

「覚えておくよ」

草介はなにげなく、でもはっきり約束した。

「ねえ、海に出ようよ」

わたしの声に、「オッケー」と草介はこたえた。

松林のなかに続く細い道路を行くと、割合すんなりと浜に出た。これ以上進んだらタイヤを砂にとられそうなので、わたしたちは上着を手にして車から降りた。外は風が強く、凧《たこ》がよく揚がりそうだった。

背の低い草の生えたなだらかな砂山を越えたら、砂浜の先に海が見えた。海までは少し距離がある。砂浜は遠くのほうまで続いていたけれど、近くに人影はなかった。

わたしは両手を広げて海に向かって走った。羽織っただけの薄手のカーディガンが、天女の羽衣《はごろも》のように風になびいた。園児たちをここへ連れてきたら、きっと大喜びでわたしと一緒に両手を広げて走り出すだろう。ふり向くと、ジーンズのポケットに両手をつっこんだ草介がゆっくりと歩いてくる。

砂浜にはいろいろな物が落ちていた。細い木や貝殻や海藻、空き缶やビンや洗剤の容器のキャップ。海に近づくにつれてゴミは少なくなり、波の音が大きくなった。波の洗う色の濃くなった波打ち際まで来ると、だれの足跡もなくなった。ここの砂は黒く、砂鉄をたくさん含んでいそうだ。

「そういえば、前にもこの海に来たことある」

やっと追いついた草介にわたしは言った。

「そうか、じつはおれも。──すぐりは、だれと来た？」

少し間を置いて「中学生のときに憧れていた人と」と正直にこたえた。

「ここに来たのは、いつの話？」

「じゃあ、わたしも話すから、草介も話してよね」

貝を拾い、海に向かって投げた。草介のこたえを待たずに、「短大生の頃」と打ち明けた。

「へえー、やるじゃん、すぐりも」

草介のその言い方がなんだか軽い感じがしたので、「そのとき、車のなかでキスされちゃった」と言っておどけた。

「そいつと、付き合ってたわけ？」

「付き合ってはいない。その人のことなんて、結局なにも知らなかった。ぐうぜん地元の駅で再会して、喫茶店で一緒にお茶したら、ドライブに誘われちゃったの」

「でも、好きだったんだろ？」

「もうそのときは、好きとかそういう感情はなかったと思う」

「それなのに、そいつの車でこんなところまでやって来たわけ？」

草介は声に軽蔑《けいべつ》をにじませた。

「まあ、成り行きで……」

「それで？」

「それだけだよ」

わたしが話を終わらせようとすると、「本当にそれだけか？」と草介ににらまれた。草介がヤキモチを焼いてくれているのはうれしかったけど、後悔しはじめた。そんなに怒るとは思わなかった。

「すぐりって、そういうやつだったんだ」

草介は顔をしかめた。

「ちがうよ、そんなな気なかったんだから。無理矢理だよ……」

「いやなら、逃げればよかったじゃないか」

そう言われると返す言葉がなかった。

「じゃあ、草介はどうなの？」

「なにが？」

「さっき、自分もここに来たって言ったじゃない。どうせ前の彼女と来たんでしょ。草介は、前に付き合っていた人の話をしゃべりたくない？」

「どうしてそんなこと、話す必要がある？」

「知りたいだけ」

「そんなこと知ってどうすんだよ」

どうこうしようというわけじゃない。ただ、知りたかった。

草介はしばらく黙ったあとで、妙に穏《おだ》やかな声で言った。「すぐりぐらいの歳になれば、女の子の多くがより現実的になることは、おれにも理解できる。でもおれは、そのすべてのリクエストにこたえることはできない。おれは行きつけのスナックのママじゃないからね」

「草介の行きつけのスナックのママは、どんなリクエストにもこたえてくれるの？」

「そうじゃない。これはあくまで比喩《ひゆ》だよ。それに、おれには行きつけのスナックなんてない」

「あまりいいたとえとは思えない」

「あるいはそうかもしれない」

「じゃあ訊くけど、草介は、わたしをもっと知りたいとは思わないわけ？」

「そんなことはない」

「じゃあ、なにを知りたい？　わたしは、なんでも教えてあげられるよ」

草介は弱く首をふった。

「すぐりは、お互いを知ることが大事だと言いたいんだろ」

「そうね、そう思う」

「おれもその考えは否定しないよ。でも、お互いを知るといっても限界があるよね。すべてを知ることなんて、所詮《しょせん》できないだろ」

「できるだけ知りたいの」

「どうして？」

「好きだから」

「おれは、すぐりのさっきみたいな話、聞きたくなかった」

「わたしが嫌いになった？」

「……そうじゃないけど」

草介は立ち止まったまま海を見ていた。

「言いたくなければいいよ」

わたしは体当たりをするようにして、草介にからだを寄せた。

思い出は楽しいものばかりではない。そのことはわたしだって知っている。楽しかったこと、うれしかったことばかりじゃない。辛かったこと、哀しかったことだってあるはずだ。それに楽しかったこと、うれしかったことだって、時間がたてば、ちがう意味をもちはじめる場合もあるかもしれない——。

でも、一緒に生きるということは、苦楽を共にすることであり、そうであればお互いの過去についてもなるべく共有するべきではないだろうか。それができないようであれば、長く続かないような気がする。家族というのは、単なる血のつながりではなく、時間の共有によって結ばれるものだとわたしは思う。わたしは草介と未来だけではなく、過去という時間も一緒に共有したかった。

「たしかにおれは昔ここへ来た。ガキの頃、家族と」

風と波の音のなかに、草介の声が聞こえた。

「海水浴に来て、溺《おぼ》れた」

「そっか、家族と来たんだ」

「そう」

「このあたり、波高そうだもんね。だれに助けてもらったの?」

「溺れたのは、おれじゃない、親父だよ。酔っ払って海に入ってさ、サーフィンをしている人たちに助けられたんだ。この海は遠浅のように見えるけど、途中で急に深くなってるって注意された」

「だいじょうぶだったの？」

「けっこう危なかったよ。浜に親父が引きずり上げられると、大勢人が集まってきて、お袋は取り乱すし、弟は大泣き。おれもなんだか情けなくて……」

「え、弟いるの？」

わたしが驚くと、草介はふっと力を抜くように笑ってうなずいた。「いたよ。でも、いなくなったけど」

「いなくなった？」

「おれが大学二年のときに、突然姿をくらました。ずいぶん捜しまわって、ようやく見つけ出した。でも弟は家にはもどらなかった。もう高三になっていたし、弟はすっかり変わってしまっていた。どうしていいのか、わからなくなった。家族でさえ、そうなんだぜ」

波が足元近くまで打ち寄せた。白い細かい泡が黒い砂に吸い込まれて消えていく。ぷつぷつと小さな穴が開いては閉じた。小指の爪《つめ》くらいの貝が砂のなかに潜《もぐ》り込んでいくのが見えた。

「あのときの親父は、唇が真っ青で、まるで水死体みたいだった。海の水をたくさん飲んだらしくて、意識がもどると何度もゲーゲー吐いた。それなのに、どこか顔はにやけてるような感じがして気味が悪かった。ひさしぶりの家族旅行は、それで台無しになった。今思うと、あれは溺れたんじゃなくて、死のうとしたんじゃないかな、なんて思うこともある。そうじゃなければ、死ぬふりをしたとかさ……」

「まさか」

「ホントだよ。親父は溺れる前に、お袋と罵《ののし》り合ってたから」

草介はなんでもないことのように言った。

わたしは適当な言葉が見つからず黙るしかなかった。

「こういう話が聞きたかったんだろ？」

草介は大きく息を吐き、車のほうへ歩き出した。

――自分は、草介のことをまだまだ知らない。

悪寒《おかん》のような怯えを腰のあたりにじわりと感じた。

草介の背中を見つめながら、もっと時間が必要なのだと自分に言い聞かせた。すぐに草介を追いかけたかったけれど、波に洗われた足が動かなかった。ひとりの人間を知ろうとすることは、容易なことじゃない。そういうことなのだと思った。

しばらくして車にもどると草介の姿がなかった。運転席のドアのロックが解除されていて、シートの上に車のキーがあった。浜から続く砂の浮いたアスファルトの一本道には、人影はなかった。両側には海からの風と砂を防ぐための松林が広がっている。

「草介！」

声に出して叫んだ。

でもだれもこたえてはくれなかった。

車の座席にもどりクラクションを鳴らした。二度三度、続けて鳴らしてみたものの、だれからの応答もなかった。風が松林を揺らす音と、砂が車に当たる音が聞こえるだけだった。

――あんなこと訊くんじゃなかった。

早くも後悔した。

でも訊かなければ、草介のことを知らないままでいたはずだ。草介の弟のことも、両親のことも……。

しばらく待っていれば、機嫌を直してもどってくるかもしれない。下手に動くのはよくない。そう考えて車のなかで三十分待った。けれど草介は現れなかった。

草介のケータイに電話をしたけれど、「おかけになった電話は、電波の届かない場所にあるか、電源が入っていないため、かかりません」という音声ガイダンスが繰り返し流れるだけだった。

車をUターンさせて近くの道をゆっくり走ってみた。地図を広げて、外房線の最寄り駅まで行ってみたが、草介は見つけられなかった。もう一度車を停めた浜にもどったが無駄だった。

わたしはひとりで取り残された。

草介は、また消えてしまった。


わたしと一緒にいるときに、草介が消える。その後も何度かそういうことが起きた。


「かんべんしてほしい男は……消える男」

短大時代の仲間で集まった日、わたしは言った。

その場にいた早紀と麻美が引いたので、「なんて、じょうだん」と笑ってみせたが、それはまぎれもなく本音だった。

それなのに、麻美と別れてすぐ、路肩に停めた車からケータイで草介にメールを打った。本当は自分が悪いなんてこれっぽっちも思っていなかったけど、「こないだはゴメンね」と入力した。そうしたのは、このままでは会えない日が長引くだけのような気がしたからだ。喧嘩をしたあとの我慢比べに、いつもわたしは降参する。

しばらくするとケータイに着信があった。

「こっちも悪かった」

草介は短く返信してきた。

「こっちも」、の「も」に腹が立った。悪さの量からすれば、自分のほうが多いことを認めさせられた気になった。思わず舌を打つ。

喧嘩といっても、考えてみれば草介が一方的に怒っていただけのような気がする。原因は、わたしの車の運転の仕方にあった。助手席に乗った草介は、わたしの運転によくケチをつける。たとえば赤信号が青になってからのスタートが遅いとか、前方の信号がすでに赤なのにどうしてアクセルを踏むのかとか、そういう細かなことだ。わたしにとっては、どうでもいいことなのだけれど、草介は言わずにはおけないようだ。

渋滞した道路で右折をしようと交差点で停まっているときに、前から来た車がパッシングをして「お先にどうぞ」と道を譲《ゆず》ってくれた。わたしは感謝の意味を込めて右手を挙げた。でも片手を離したせいで、ハンドル操作がひどくぎこちなくなり「オットットットッ」と声に出してしまった。それを見た助手席の草介が、「運転下手《へた》なんだから、余計なことするな」と口を出した。「そんなことより自分の運転に集中しないと、今に事故を起こすぞ」とも言われた。

わたしはカチンときた。それなら自分で運転すればいいじゃない。でも言い返すことはせずに口をつぐんだ。

そのあとで、「おれの部屋でコーヒーでも飲んでいく?」と誘われた。

わたしは首を横にふった。そういう気分にはなれなかった。

「百円ショップに寄りたい」

しばらくして草介が言った。

それからお互いに口をきかなくなった。

わたしたちは付き合いはじめてから三年近くたつわけだが、草介の口からふたりの将来についての話は出てこない。こちらから探りを入れることはあるけれど、直接的な質問は避けるようにしている。三年というのは、麻美が言ったようにお互いを知るにはじゅうぶんな時間なのかもしれない。でも、わたしには草介を理解したという確固たる自信はない。草介の気持ちを今ひとつつかめないでいる。

百円ショップに到着すると、「十五分後にレジの前で落ち合おう」と言われた。わたしはとくに買いたい物があるわけでもなく、とりあえず文具コーナーへ向かった。保育園で使えそうなスタンプを物色しているうちに、あっという間に約束の十五分が過ぎてしまった。結局、スタンプを選びきれずにレジに行ってみたら、草介はいなかった。悪い予感がした。

「どこにいるの?」

メールを送ると、「今、家に向かって歩いてる」と返信があった。

理由は記されていなかった。たぶん怒っているのだ。車で追いかけようかと思ったけれど、買い物を続けることにした。

——勝手にしろ。

そのときは思った。

おそらく草介は、長い道程をひとりとぼとぼ歩き、駅まで出て電車に乗り、家にたどり着いたのだろう。それははっきり言って疲れるし、時間の無駄のように思える。でも、草介にとっては必要なプロセスなのかもしれない。

その後、草介からなにも言ってこないので、しかたなくこちらから「こないだはゴメンね」とメールをした。「こっちも悪かった」と返信がきただけで、根本的にはなんの解決にもなっていない。

草介の行動は、おとなげないし腹も立つ。なんでそんな怒り方をするのだろう。そもそも、そこまで怒る問題かよ、と思う。草介は感情の抑制や表現の仕方が下手くそなのかもしれない。

人が心を揺らすには、なにか必ず原因がある。怒るときもそうだ。だとすれば、その原因をつくっているのは、すべてわたしなのだろうか。それほど自分はデリカシーに欠《か》けているのだろうか。考えれば考えるほどへこんでしまう。

以前、草介に消える理由を尋ねたことがある。そのときは自分を短気だと認めた上で、消えることが現状では自分にとって最善の策だと思う、と言われた。

「どうして？」

「どうしても」

草介は小さな声でこたえた。

でも、その場から消えるというのは、単に怒り方を変えているだけじゃない、と指摘すると、そうかもしれないと草介はこたえた。

「だったら、その場で怒ればいいじゃん」

わたしは怒ってみせた。

「それもそうだね」

「前に怒ったことで、なにかいやなことでもあったわけ？」

「――それもある」

草介は肩をすぼめるようにして認めた。いつものように多くを語らなかった。

草介は、わたしが「会いたい」とメールをすれば、きっと来てくれるだろう。でも一緒に過ごしていて、いつまた消えるかわからない。そういう不安を抱えながら、このまま付き合っていくべきなのだろうか。

そろそろ、はっきりさせなければならない段階にふたりはきている。そんな気がした。

なんだよ、その言い方

このところ、おれはすぐりと週に二回以上会うようになっていた。会うのは多くの場合が平日で、仕事のあとに落ち合う。待ち合わせ場所は、おれの勤める営業所近くにあるチェーン系レストラン。そのうち外食ばかりでは不経済だからと、すぐりがおれの部屋で食事をつくるようになった。

最初はどっさり食材を買い込んで来るすぐりに押しかけられた感もあったが、おばあちゃん仕込みの料理は、おれの口には新鮮でなおかつよく合った。青物の焼き魚や肉じゃが、菜っ葉のお浸《ひた》しや具だくさんの味噌汁《みそしる》といったものから、タケノコの白和《しらあ》え、空豆とエビのかき揚げ、茄子《なす》の揚げびたし、ぶり大根など、素朴《そぼく》だけれど季節感があり、こんな言い方は妙かもしれないが、これぞお袋の味のような気がした。

そんなふうにふたりは部屋で過ごすようになり、お互いじゃれ合うようにしてからだを求めるようになったのは、自然な成り行きだった気がする。すぐりは、避妊には注意をしていた。おれも子供がほしいわけではなかったから、素直に従った。危険な日には、はっきりと拒まれた。女性が子供を産む、あるいは産まないという行為には、重たいリスクがある。そのことは承知していた。

　ことが終わっておれの胸に鼻をこすりつけるようにするすぐりは、鳩の鳴き真似をしておれを笑わせてくれた。

「くっくるーる、くっくるーる」

　週末には、すぐりの車でドライブへよく出かけた。なんとなく海へ向かうことが多かった。走っている途中、すぐりがめざとくなにかを見つけたら、車を停めて立ち寄る。名も知らぬ神社だったり、こぢんまりとしたハーブ園だったり、野菜の無人直売所だったりした。そんな行き当たりばったりの旅が、お互い気に入ってもいた。

　たぶん、おれとすぐりは、いつの間にかどこにでもいるようなカップルにおさまっていたのだと思う。おれが、ときどき消えることを除いて――。

　ふたりの関係がこんな展開となり、長続きするとは、正直最初は思っていなかった。どこか危なっかしいすぐりが気になってはいた。でも出会った頃は、恋人という対象として強く惹かれたわけではない。一緒にいると楽しかった。男女の関係というよりは、友だち感覚に近かった。あるいは天然系の妹という感じだろうか。親しい友人のいないおれにとって、すぐりは退屈な日常の貴重なアクセントになった。

　すぐりは、おれとの関係の確認を迫ってくるような真似はしなかったけれど、すぐりがおれを好きな素振りを見せれば見せるほど不安が募《つの》った。昔、女の子に好きになられるのが苦痛になったときのように、いつかすぐりを疎《うと》ましく思うようになる気がした。実際しつこく過去のことや家族のことを訊かれ、鬱陶しくなったのも事実だ。そんなとき、おれは消えるという手段を使った。とても姑息《こそく》で卑怯な対処法だ。でも、気がつけばそうしていた。

いつの間にか自分のなかで、すぐりの存在が色濃くなっていくのを強く意識した。

すぐりに話した通り、おれには子供時代から生き物を飼った経験がなにひとつない。団地暮らしという環境の事情もあったけれど、今思えばそれだけが理由だったとは思えない。両親の仕事が不安定だったため、経済的な余裕はなく、夫婦喧嘩が絶えなかった。元々母が動物嫌いで、弟がぜんそく持ちだったこともある。

でも、おれも弟も、なにかを飼うことを欲していた。一度だけ、弟が大胆にも犬を飼おうとしたことがあった。

あれは、おれが小学四年生、弟が小学二年生のときだった。弟が、学校帰りに犬を拾ってきた。まだ幼さが残っていたけれど、子犬ではなかった。灰色がかった短毛で、あばら骨が薄く浮くほど瘦せ、ひどく汚れていた。夏だというのに小刻みにからだを震わせているその犬を最初に見たとき、よりによってどうしてこんなにみすぼらしい犬を、とおれでさえ思った。案の定、すぐに捨ててこいと母に叱られた。

弟は泣きながら犬を連れて家を飛び出した。おれはしかたなくあとを追った。

「いくらなんでも汚すぎるよ、この犬は」

おれが顔をしかめて言うと、弟は「一所懸命に世話をすれば、かわいくなる」と涙声で断じた。

その頃の弟は病気がちで、そのせいかおれよりも両親から甘やかされていた。思えばそこには、反抗するわずかな余地があったのかもしれない。

ふたりで犬を近所の公園まで連れて行き、おれはコンビニで牛乳を買ってきた。わずかなこづかいを、なんでこんな小汚い犬のために使わなければならないのかと腹が立ったが、弟のためとあきらめた。公園の水道でいやがる犬のからだを洗ったら、毛色は思いがけず真っ白だった。目のまわりに固まっていた目やにを丁寧に拭《ふ》き取ってやると、案外愛《あい》嬌《きょう》のある顔をしていた。

「兄ちゃん、こいつ、シロにしよう」

弟がうれしそうに笑った。

おれは名前を付けることに危うさを感じた。ただの捨て犬が、いっぺんに自分たちの犬に変わってしまうからだ。ウチで飼えないことはわかり切っていた。愛着を持つのはどうか。でも反対することはできず、一緒になって「シロ、シロ」と呼んだ。

弟は近所の空き地で犬の世話を続けた。学校から食べ残した給食のパンを持ち帰っては、シロに与えた。おれもときどきシロの様子を見に行った。

シロのいる空き地は、網のフェンスで囲まれ、そこから出ることはできなかった。なにかの建設予定地らしくかなり広い。夏草が生い茂っているため、姿をしばしば見失ったが、「シロ」と名前を呼べば、鼻を鳴らしてどこからか現れた。弟の世話のおかげで、シロはずいぶんと元気になった。

その日、学校から帰るとめずらしく父が家にいた。ランドセルを置いて出かけようとしたら、これからドライブに行こうと誘われた。車を洗うことや、ワックスをかける手伝いをよくやらされていたが、そんな魅力的な提案を受けたのははじめてだった。

でも、友だちと遊ぶ約束をしていたし、なにか裏がありそうで、手放しで喜ぶ気持ちにはなれなかった。ただ、ドライブの誘いを断れば、父の機嫌がきっと悪くなる。だからうれしそうなそぶりで「行きたい」と返事をしてしまった。

先に行っているように言われ、車のキーを持って団地の裏手にある駐車場へ向かった。深緑色のステーションワゴンのドアを開け、助手席に座って父を待っていると、後ろでなにかの気配を感じた。ふり向いてリアシートを見たが、だれもいない。不思議に思って耳を澄ました。

どこからか、くぐもった鳴き声が聞こえてきた。声はリアシートの裏側にあるトランクのなかから漏れてくる。車を降りて確かめようか迷っているうちに、フロントガラス越しに父が歩いてくる姿が見えた。夏だというのに白い長袖のワイシャツに、黒のスラックス、先のとがった革靴を履いていた。両手で大きな黒い箱のような物を抱えているせいか、顔の表情は険しかった。

父は後ろにまわり、トランクを開け、荷物を積み込んだ。バタンと勢いよくトランクが閉まり、車が揺れた。

「じゃあ、行くか」

運転席に乗り込んだ父が言った。

額の両端が高い位置まで禿げ上がっている顔がこちらを向き、口角を無理してつり上げるような不自然な笑い方をした。

笑い返そうとしたが、うまくいかなかった。車のエンジンがかかり、後ろの鳴き声は聞き取れなくなった。

最初の赤信号で車が停まったとき、ごそごそ動く音がした。

「なにかいるの？」

思わずおれは尋ねた。

父は前を向いたまま「ああ、犬」とだけこたえた。

もしやと思い、「どんな犬？」と訊くと、父は首をひねってこっちを向いた。

「どんな犬だと思う？」

やさしげな口調が逆に不気味で身がまえた。

黙っていると、「白い犬だよ」と父は教えてくれた。

心拍数が一挙に跳ね上がり、会話はいったん途切れた。

犬はシロにちがいなかった。

——とうとう見つかってしまったのだ。

弟のことが心配になった。

弟は給食のパンだけでなく、家にある食べ物を持ち出しては、シロに与えるようになった。シロが食欲旺盛《おうせい》になったせいもある。持ち出す物が、だんだんエスカレートしていた。もしかしたら、父のものにまで手を出したのかもしれない。両親は大人の食べるものと、子供の食べるものを区別する人間だった。とくに父が管理している酒のつまみとされるものは、一切分けてもらえなかった。

信号が青に変わり、車が走り出した。今すぐ家に帰りたい。でも言い出せなかった。

父は黙ったままハンドルを握っていた。元々口数の多いほうではなかった。週末はほとんど家にいなかったし、バーテンダーという夜の仕事のせいか、朝方帰ってくると昼過ぎまで眠り、夕方学校から帰る頃には、もう仕事に出かけていた。たぶんこの日は、たまたま家にいたのだろう。あまり顔を合わせる時間がなく、言いたいことを言えるような親子関係ではなかった。母も仕事に出ていたので、おれと弟はいつも首から家の鍵をぶらさげていた。

車は見慣れた街並みを走った。車窓を流れる景色を眺めながら、いったいどこへ連れて行かれるのだろう、と不安を募らせた。後ろから聞こえてくる、くぐもった犬の鳴き声が耳から離れず、ほとんど口をきかなかった。運転席の横顔をのぞくと、運転に没頭しているのか無表情だった。

車の窓から見える景色は、いつの間にか緑が優勢になった。整えられた街路樹ではなく、樹形の揃っていない自然の旺盛な緑が目に飛び込んできた。やがて学校の写生大会で訪れた川に架かる古びた橋を渡り、左に折れ、秋には彼岸花《ひがんばな》が燃えるように咲く墓地の前を通り過ぎ、車が一台しか通れない未舗装道路に出た。

昨日の雨のせいか、道路にできた轍《わだち》にはところどころ水が溜まっている。タイヤが窪《くぼ》みにはまるたびにからだがぐらりと揺れ、ビシャッと泥水がはねる音がした。父は車が汚れることを嫌ってか、舌打ちし、スピードをゆるめた。対向車は一台も来なかった。まっすぐに続く道路の両側には、鬱蒼《うっそう》とした雑木林が広がり、前方にわずかに見える曇り空のほかは、濃淡の異なる緑一色になった。

車はなんの前触れもなく唐突に止まった。前のめりになり、目の前のグローブボックスに手をついてからだを支えた。父は歯を食いしばるようにしてギアを「R」の位置に入れ、車をすばやくバックさせ、雑木林のなかに突っ込ませた。

車のエンジンが止まり、「降りるぞ」と声がかかった。従うしかなさそうだ。

ドアを開け、顔の前にある小枝を手で払うようにして外に出た。腐葉土の匂いが鼻につく。近くにはなにがあるでもなく、木が不規則に並んでいる。林の奥から、どこかやる気のなさそうな蟬の声が聞こえてきた。雑木林は背の高い草に覆われておらず、遠くのほうまで見渡せた。見上げると、緑の葉の隙間から、今にも降り出しそうな灰色の空がのぞいていた。

あたりの様子を見まわしているうちに、父はトランクを開けて、なかから荷物を降ろした。出発前に積み込んだ黒い箱のようなものは、部屋の片隅に置きっぱなしになっていた小型テレビだった。壊れて音しか鳴らなくなったので、弟は「ラジオテレビ」と呼んでいた。

テレビの次は、奥にあった大きめの段ボール箱に手をかけた。犬の鳴き声は、その段ボール箱から漏れていた。

「さあ、出してやれ」

父に言われた。

恐る恐る段ボール箱に近づき、蓋《ふた》に貼られた黄土色の粘着テープを爪で剝がそうとした。なかからは、カリカリと箱をひっかく音がした。

粘着テープをうまく剝がせず、ぐずぐずしていると、父が足でおれのからだを押しのけるようにした。テープで貼り合わせた蓋の隙間に指を入れ、強引に引きちぎるようにして蓋を開けた。

なかには、やはりシロがいた。

おれを見たシロは、赤い舌を出して笑っているように見えた。

「こいつを自由にしてやれ」

父はぶっきらぼうに言った。

詳しい事情はわからなかったけれど、弟がシロの面倒をみていることがばれたようだ。余計なことは言わずに、シロの脇腹に両手を添え、箱から取り出してやった。小便を漏らしたのか、箱の下の部分が湿っていた。地面に四つ足を近づけると、シロはさかんに尾をふって降りたがった。手を離したら、シロは鼻先を地面につけて、匂いを嗅《か》ぎまわった。

犬をかまっているあいだに、父は壊れたテレビを草陰に隠すように置いていた。どうやらここへは、テレビを捨てに来たようだ。

父のしていることは、人としてやってはいけない不法投棄だとわかっていた。でも、その行為を咎《とが》めるつもりはなかった。こんな寂しいところで父の機嫌を損ね、殴られたくなかった。

父に何度か殴られた経験があった。殴られるのはいつも夜中で、父の吐く息はアルコール臭かった。理由はいろいろあったが、多くの場合、おれが嘘をついたときだ。嘘はつきたくてついたわけではない。つかなくてはならない状況に追い込まれるからだ。父はなぜだか嘘をひどく憎んだ。

父は殴ったあとで、暴力をふるった理由についてくどくど説明した。「殴りたくて殴ったわけではない」。いつも同じ言葉を繰り返した。たぶん自分を少しでも正当化したかったのだろう。あるいは父なりに後悔していたのだろうか。よくわからない。殴られるおれを見ると弟が泣くので、おれは弟が起きないよう声を立てずに我慢した。

「この犬、どうしたの？」

なにげなく訊いてみた。

「見たことあるだろ？」

低い声で訊き返された。

しかたなく、「トヨのやつが、近所の空き地で遊んでたのと似てるね」とこたえた。

「おまえも一緒に、世話してたんじゃないのか？」

「知らないよ」

あわてて首を横にふった。

シロは逃げ出すわけでもなく、車の近くから離れずに地面の匂いを嗅ぎ続けていた。口角に泡のようなものを付け、細長いとがった緑の葉を選んで、奥歯で噛んでいた。

「こいつ、車に酔ったみたいだな」と父が言った。

どういう意味かよくわからなかったけれど、それが犬の習性だとするならば、どうしてそんなことを知っているのか不思議だった。もしかすると父は、犬を飼った経験があるのかもしれない。

シロははじめての場所に戸惑っているようだ。おれの顔を見上げては、短い尻尾《しっぽ》を股のあいだに挟むように丸め、不安げに鼻を鳴らした。

車のシートにもどった父が煙草に火をつけた。窓から紫煙が流れ、さっと色が薄くなり、林の大気に吸い込まれるように消えた。その煙が途絶えたとき、エンジンをかける音がして、父が運転席から降りてきた。

「さあ、いくぞ」

まっすぐにおれを見て告げた。

「この犬は？」

「ここへ置いてく」

言うまでもないという顔をした。

「トヨが、悲しむよ」

「犬のことは、あいつが可愛がっているだけだ。この犬は、なんとも思っちゃいない。この先、ウチで面倒をみられるわけじゃない。トヨキのためだ。時間がたてばたつほど、情が移る。それなら早く別れたほうがいい」

早口でまくしたてた。「それとも保健所に連れて行って、殺してもらうか？」

「いやだ」

きっぱりとこたえた。

「だったら、こうするしかないだろ。こいつはもう自由なんだ。あんなフェンスに囲まれた所より、よっぽどいいよな」

言葉を理解しないシロに向かって父は笑いかけた。

「トヨになんて言うの？」

「なにも言う必要はない。おまえの胸にしまっておけ」

そう言われても困ると思ったが、父を説得する言葉を見いだせそうもない。シロにサヨナラも言わずに、うなだれたまま助手席に乗った。

車はシロと壊れたテレビを雑木林に置いて動き出した。なにも知らないシロは、あいかわらず地面の匂いを嗅いでいる。弟ほどシロに深い愛情を注いでいたわけではない。でもシロをこんな場所に置き去りにすることに胸が痛んだ。シロは壊れたテレビじゃないし、こんな別れ方をするのが弟のためになるとも思えなかった。父がテレビを捨てるついでに、シロを連れてきたのだと知ると、やるせなかった。

もっとほかのやり方があるような気がした。父に抗《あらが》えない自分自身が情けなく、自分も一緒に弟を裏切っている気がした。そして、こういうやり方をする人が、自分の親であることが悲しかった。

車が左右に大きく揺れ、雑木林の陰から未舗装道路に出た。首をねじって後ろを見たが、シロの姿は見えなかった。

「ほらみろ、馬鹿犬のやつ、ここが気に入ったみたいだぞ」

バックミラーをのぞく父は満足そうだった。

おれは後ろを向いたまま、リアウインドウに広がる風景を見つめた。両側の雑木林の緑が押し寄せる道を、車はゆっくりと進んでいった。ぬかるみにタイヤが落ちるたびに、額《がく》縁《ぶち》に収められたような世界がぐらりと揺れた。

しばらくして、緑の押し寄せる一本道に、絵の具を落としたように、ぽつんと白い色が現れた。水たまりが光ったのかと思ったが、見る見るうちに鮮明になった。白い色は、動いている。おれのほうに向かって走ってくる。赤い舌を長く垂らし、頼りない四本の足を夢中で動かしていた。

「シロだ！」

思わず名前が口を衝《つ》いた。

しまったと思ったものの、うれしくて飛び上がりたい気分だった。

父がバックミラーをちらりと見た。

「父さん、止めて！」

叫んだけれど、車のスピードは変わらなかった。ハンドルを握った横顔は、なぜだか微笑んでいるように見えた。

シートベルトを外し、リアシートに移ったおれは、シロに一番近い位置まで下がった。車のドアに目をやったが、飛び降りる勇気はない。

心のなかで「がんばれ、がんばれ」と叫んだが、シロとの距離は縮まらない。自分には、追いかけてくるシロの姿を目に焼き付けることしかできなかった。

シロは力尽きたのだろう。突然立ち止まると、よろりとした。あるいは無駄だとあきらめたのか。シロは弟に教えられた「お座り」をして、こちらを見たまま小さくなり、やがて緑色の波のなかに呑み込まれていった。

瞳から溢れた涙が頬を伝った。つかの間の喜びは、あっという間に悲しみに覆い尽くされた。なぜ、と問いかける相手のいない疑問に打ちひしがれた。

車が墓地の脇を通って橋を渡ると、父はウインカーを点滅させ、車を左に寄せて停めた。車を停めたのは、シロを待つためではなかった。父はハンドルを両手で抱え込むようにして顔を伏せた。なにかに耐えているみたいだった。

深いため息をつき、「狭い団地暮らしじゃ、犬も飼えないもんな」と言った。

黙っていると、父は顔を上げ、「あの犬じゃなくて、おれがいなくなればよかったか?」

と怒鳴り、聞こえよがしに、もう一度ため息をついた。

「そうなんだろ？　そう思ってるんだろ」

大きな声を上げ、額をハンドルにぶつけてクラクションを鳴らした。

「ちがう、ちがうよ」

首をふって否定した。そんなことは思っていなかった。

クラクションがやむと、あたりは再び静かになった。

「嘘つけ。おまえは嘘つきだ。ホントのことを言えよ。そうなんだろ。父さんなんか、いなくなればいい、そう思ってるんだろ？」

今度は声を低め、誘いをかけるような声色に変わった。歯をむき出し、ニヤリとした。

おれは黙って首を横にふり続けた。

「降りろ」

冷たい言葉の響きに、からだがびくりと反応した。

「おまえも、ここで降りろ」

父は目を閉じてうつむいた。

なにがこの人をこんなに苦しめているのだろう。

「降りてくれよ……」

懇願《こんがん》する口調になった。

子供らしく無邪気に泣き叫んで抵抗を試みようかと思ったが、やめた。今は昼間で、父は酒を飲んでいるわけではない。でも、この人はアルコールのせいだけじゃなく、どこかが壊れている。家族の団らん中に、突然豹変《ひょうへん》して怒鳴り出したり、怒りにまかせて物を投げたりする姿を何度も見てきた。このまま一緒に車のなかにいることに、身の危険すら感じた。

おれは下腹部に押し当てるように両手を組んだ。これはシロを見捨てた自分が受けるべき罰なのだ。そう思うことにした。

黙ってロックを外し、ドアを開け、路肩に降り立った。

父はからだを横に倒すようにして左腕をのばし、ドアを引いて閉めた。

「――父さん」

閉じた窓越しに声をかけたが、父はこちらを見ようともせず、車を発進させた。悲しい目をしていた。

深緑色の「自由」という名前のついたステーションワゴンが遠ざかっていく。でも、シロのように、そのあとを追いかけたりはしなかった。歯を食いしばり、こみ上げてくる感情を抑えようとした。

父がバックミラーでおれの姿を見つめているのがわかった。おれに追いかけてきてほしかったのかもしれない。泣き叫びながら、許しを乞《こ》うおれの姿を見たかったのだろうか。

おれはにらみつけるようにして、車が見えなくなるまで一歩も動かなかった。

——どうして、あの人はこうなっちゃうんだろう。

他人の家庭のことなど詳しくは知らなかったけれど、自分の家の状況が、よそとはちがうことに薄々気づきはじめていた。

途方に暮れ、とぼとぼ歩きはじめると、鼻先にぽつんときた。空が急に暗くなり、大粒の雨が降りだした。もう一度、雑木林までもどってシロを捜そうかと思ったけれど、どうせ見つけても一緒に帰ることはできない。それに今は自分のことで精一杯で、言ってみれば自分もシロと同じ立場だった。

もう二度と、生き物なんて飼おうとするのはよそうと誓った。辛い思いをするだけで、なんの得もない。もしかすると父は、ペットだけでなく、自分や弟のことも疎《うと》ましく思っているのかもしれない。いつかは捨てられるのかもしれない。

墓地のほうの空でカラスが鳴いた。父には、悪魔が乗り移ってしまったのだろうか——。

歩きながら道路の曲がり角を抜けるたびに、からだを硬くした。深緑色のステーションワゴンが停まっているような気がしたからだ。でも、そんなことは起きなかった。もし待っていたとしたら、自分にどんな感情がわいていただろう。もしかすると車に駆け寄るのではなくて、からだを低くして逃げ出したかもしれない。

雨のなかをずぶ濡れになって歩きながら、不意にどこかへ消えてしまいたくなった。そんなふうに思ったのは、そのときがはじめてだった気がする。

ここではない、どこかへ——。

その日、夕暮れてからたどり着いた家に、父はいなかった。おそらく仕事に出かけたのだろう。あるいは飲みに行ったのか。夕飯を食べている弟の姿を見てホッとした。母から、こんなに遅くまでどこをほっつき歩いていたのと叱られたが、父とのことは話さなかった。

手を洗い、遅れて夕食の席に着いた。入れ替わるように弟が「ごちそうさま」とぼそりと口にし、使った食器を流しへ運んだ。弟は弟で、なにかあった様子で元気がなかった。

食後、ふたりきりになっても、弟は話しかけてこなかった。だから、おれも黙っていた。

それ以後、おれと弟のあいだでシロの話題が交わされることは、一度もなかった。まるで最初から存在しなかったように。

その日を境に、弟とはあまり遊ばなくなった気がする。

ただ、おれはときどき夢をみた。シロがおれを追いかけてくる夢や、いつの間にかシロとおれが入れ替わり、走り去る車を見つめている、そんな夢を。

父はおれに車の洗車やワックスがけをときおり命じ、タイヤの交換の仕方を教え込んだ。おれはその役を、父が車を手放すまで続けた。

高校生のときのことだ。雑木林にシロを捨てに行った日、「おれがいなくなればよかったか？」と苦しげに問いかけてきた父が、失踪した。

大学に入ってはじめた物流倉庫のバイトをやめたあと、行方知れずになったままの父を捜しに横浜へ向かった。だれかに頼まれたわけではない。ずっと気になっていた。横浜には、失踪する前に父が勤めていたバーがあった。バイト先を自宅や大学からも遠い川崎に選んだのは、横浜に近かったからだ。

父が家に帰らなくなった理由は、いくつか考えられた。ひとつは、スナックをはじめた母との不仲。パート仕事に明け暮れていた母が、突然店を開くと言い出したときには、正直おれも驚いた。給食センターやスーパーのレジ打ちなど、どちらかといえば地味な仕事に就いていたのに、そんな商売ができるとは到底思えなかった。

あとになって知ったことだが、母は若かりし頃、その手の店で働いていた経験があるらしかった。店をオープンしたのは、勤め先のスーパーの経営者に勧められたからで、どうやら資金の援助も受けたようだ。ふつうに考えれば、特殊な関係にあったと勘ぐられてもしかたない。

父が家に帰らなくなった理由としてもうひとつ考えられるのは、高校生になって父の言いなりになることをやめた、おれとの衝突だ。ある晩、酔った父が、おれの高校生活をバイトばかりしているとからかった。「だれのせいなんだよ」と言い返すと、父がテーブルを叩いて立ち上がった。威圧しようとする父と、おれはにらみ合った。すでにおれのほうが上背《うわぜい》があった。父の腕がおれにのびてきたので、逆におれは父の胸ぐらをつかんで、ずっと言わないでおいたひと言を浴びせてしまった。

「あんたなんて消えちまえばいいんだ！」

父はすかさずおれを殴った。

殴られるのは中学二年のとき以来だ。でも、おれのなかでは、これが最後になるという予感があった。なぜなら今度おれに手を出そうものなら、容赦《ようしゃ》なく反撃するつもりだったからだ。

父はおれの殺気を感じたのか、それ以上暴力をふるおうとはしなかった。テーブルの酒瓶を握りしめ、投げつけようとして思いとどまった。

「やっぱり、そう思ってたのか」

つぶやくと、急に酔いが醒《さ》めたようにおとなしくなった。

おれは相手にせず、殴られた顎を台所の水道で冷やした。

気配を感じてふり返ると、父が部屋から出て行くところだった。髪には白いものがまじり、黒のスラックスからシャツがはみ出していた。そのときの悄然《しょうぜん》とした父の背中は、よく覚えている。父はその日以来、帰ってこなかった。

それ以前にも父が家に帰らないことはちょくちょくあった。だからあまり気にしていなかった。二週間くらい過ぎた頃、父の知り合いから母に連絡があり、父が職場をやめたことが判明した。

それでも、そのうち帰ってくるだろうと家族は放っておいた。仕事を変わるのははじめてではなかったし、普段からあまり顔を合わせていなかったせいで、鈍感になっていたのかもしれない。それに殴られたのは父ではなく、おれのほうだったわけだし。

一ヶ月が過ぎた頃、警察に捜索願を出そうかという話が、残された家族のあいだで持ち上がった。言い出したのは、おれ以上に父に反発する態度をとっていた弟だ。

「事故や事件に巻き込まれた可能性は、低いから」

母が取りなすように言ったので、理由を尋ねた。

「だってあの人は、昔から失踪願望が強かったから」

母は笑いながら言った。

なんだかようやく父が夢を叶《かな》えたような口ぶりに、おれも思わず口元をゆるめた。

「そのうち帰ってくるよ」

母は言ったが、おそらく確たる根拠なんてなかったはずだ。

横浜へは何度も訪れた。バイト先で知り合った美嘉とも一緒に行った。父が働いていた馬車道《ばしゃみち》通り近くにあるバーを訪れ、店の人間に父の行方を尋ねたものの、たいした情報は得られなかった。

店での父の評判は意外にも悪くなかった。店のオーナーは父の腕をそれなりに買っていたようで、残念そうにしていた。店をやめた理由は、詳しくは聞いておらず、「自分の店を持ちたがっていたようだね」と言われた。

父と一緒に働いていた同僚から、父が好んで足を運んでいたという中華街の店を教えてもらった。父はその店の東坡肉麵をいつも注文したと冗談まじりに話した。「贅沢は、それくらいだったんじゃないかな」と聞き、自分が父親のことをなにも知らないような気になった。父に女がいたような話は、一切出てこなかった。

中華街を訪れたときは、おれもその店で東坡肉麵を食べた。父に少しだけ近づけたような気がした。

横浜だけでなく、父が働いていそうな場末のバーを見かけると、扉に手をかける。バーテンダーの顔を確認して、一杯だけ酒を頼んだ。

父は家ではいつも透明の酒を飲んでいた。その青くさいジンの匂いは記憶している。酒瓶のラベルも朧気《おぼろげ》ながら覚えていた。おれはジン・ベースのカクテルを飲むようになった。

もし客として訪れた店のカウンターの奥に父が立っていたら、おれはどうするのだろう。再会を喜ぶのだろうか、それとも罵倒《ばとう》するのだろうか——。

道ばたに置いてきぼりにされた、あの夏の日のことをよく思い出した。

父の失踪後、今度は高校三年生になった弟が家を飛び出した。中学の頃から家族とはほとんど口をきかなくなっていたから、遅かれ早かれ家を出るとは思っていたが、高校卒業を待ちきれなかったようだ。

おれは、スナックの仕事を軌道に乗せようとしていた母に代わって、今度は弟を捜す羽目になった。

弟の居場所は、地元に住む弟の元カノから、いくつかの手がかりを引き出した。元カノの話では、弟はネット上で知り合った相手の家にいるという。元カノのケータイに残された弟からの着信履歴の電話番号からたどって、名古屋《なごや》市内にあるマンションの一室を突き止めた。

訪ねたところ、その部屋で弟は中年の男と一緒に暮らしていた。システムエンジニアだという頭髪の薄い男は、自分たちは愛し合っているのだと開き直ってみせた。その態度に腹が立ち、土足で部屋に上がり込み男を追いまわした。すると隠れていた弟があわてて止めに入った。

「せめて高校くらい卒業しろ」

おれは説得を試みたが、弟は頑《かたく》なで、どうにも応じようとしなかった。なんとか連れもどそうと粘ってみたが、最後にはひどく虚しくなり、無駄だと悟った。弟は、弟なのだ。それに子供の頃とは、すっかり変わってしまった。いつから同性愛者になったかは知らないが、会ったときは化粧をして女のかっこうをしていた。おれの知っている範疇《はんちゅう》の弟ではなくなっていた。

弟は高校を中退して、そのまま名古屋の店で働きはじめた。どういう店なのかは訊かなかった。その後は、弟のほうからときどき連絡がくるが、返信はしない。生きていれば、それでいい。

それから間もなくして、母が店の常連だった客と行方をくらました。一週間くらいして母の番号からケータイに着信があった。出てみると、「ヤッホー」と母の声がした。どこにいるのか尋ねると、「今、沖縄」と明るい声が返ってきた。

「いい加減にしろよ、どいつもこいつも」

おれは怒鳴った。

「〝ちんすこう〟買って帰るからね」

母の声がした。

母は、男とは途中で別れたらしい。帰って来ると、また元通りの生活にもどった。母が浮気性な女であることがよくわかった。

そして、おれの家族は、みんな消えたがっている。

大学二年のときに、学校をやめて一刻も早く自立する道を選ぶことにした。今にも潰れそうなスナックを経営する母をあてにはできなかったし、したくなかった。母のパート先だった地元のスーパーが閉店し、店の客足が遠のくと、母は酒浸りの生活を続けた。大学を中退して、運良く「さくらネット」に就職が決まったとき、おれは家を出る旨を告げた。母は反対しなかった。内心ホッとしたのではなかろうか。

その夜、営業中にもかかわらず客のいない店で、はじめて父について母から聞いた。母と父は、恋愛結婚だったこと。母は、父とは銀座のバーで知り合ったこと。父はカウンターの向こう側にいたこと。

客としてバーを訪れた母が、それとなく自分が近くのスナックで働いていることを仄《ほの》めかすと、しばらくして今度は母の働く店に父が訪れた。父はバーテンダーとしてカウンターの奥にいるときは一切見せなかったそぶりで、母を口説《くど》き落とした。

父は、恵まれた幼少時代を送ったわけではなかった。幼い頃に両親を失った。母親は交通事故で亡くなり、父親はまだ幼かった父を残して失踪した。父はその後、母方の祖父母に育てられた。

母はこのまま父の行方がわからなくても失踪届を出すつもりはなく、離婚するつもりもないと言った。

「どうして?」と訊くと、「夫婦のことは、夫婦にしかわからないもんよ」とあしらわれた。

「失踪とかって、うつったり、遺伝するのかもね……」

母はなにげなく不吉な言葉を口にした。

話の最後に大判の茶封筒を渡された。

父が残していったものだと言われ、借金かと思い一瞬凍り付いた。だが、そうではなかった。手にした簡易書留の封筒には、「司法書士 野村《のむら》事務所」と書かれていた。なかには土地の権利書が入っていた。

「馬鹿じゃなかろか」

母は客のキープボトルから盗んだウイスキーをグラスに注ぎ、「そんなもん、あんたにやるよ」と言った。

おれは家を出て、家族と決別して生きる道を選んだ。同じ屋根の下で暮らしてきた家族といえども、理解できない部分が多かった。

父はもう捜さない。

弟とは会わない。

母には世話にならない。

家を出た二十歳のときに、そう決めた。おれは今もそれを守り続けている。


付き合いが長くなったすぐりは、おれの過去や家族について聞きたがるようになった。そんなすぐりの気持ちは、わからなくはない。真剣だからこそ、おれのことをもっと深く知りたいのだろう。日頃の会話のなかで、おれから自然に話していれば、わざわざ尋ねる必要はなかったかもしれない。

すぐりの望んでいるのは、結婚——幸せな家庭づくり。子供を望んでいるため、人生のパートナーには、子育ての上での父親としての資質を求めている気がする。もちろんじゅうぶんな教育を子供に与えるための豊かな経済力といったものも。このおれが、将来的に人生の伴侶としてふさわしいかどうか、見極めようとしているにちがいない。それは女性にとって、ふつうのことだと思う。

おれがすぐりに対して、過去や家族関係をあまり訊こうとしないのは、興味がないからじゃない。すぐりはそういう話を自分からしてくれたし、去年ハゼ釣りに行ったときにも「家へおいでよ」と誘ってくれた。とくに祖母の加世子さんに会わせたがっている。だから、知りたいと思えば知ることができた。

幸福な思い出や、語るべき家族がいない者にとって、それらをふり返ることは、あまり気乗りのする作業ではない。おれとしては多くを語りたくない気持ちが未だにある。

すぐりは過去を知ることで、その人がわかるとか、お互いに理解し合えるようになると思っている節がある。でも、本当にそうだろうか。おれはそのことについて懐疑的だ。

ひとつには、今の自分は今の自分であって、過去の自分ではないという思いがある。後ろなんてふり返らず、前を向いて歩いて行くと決めたからかもしれない。第一、記憶なんて曖昧だし、多くの場合、人は都合のいいように歪めてしまう。過去の出来事を語ったとき、本当に伝えたい真意がうまく伝わるのかという問題だってある。それにいったいどこまで話すことが、お互いにとって有益なのか懸念が残る。

たとえば、おれが自分の過去を包み隠さず話せば、すぐりはおれを今まで以上に理解し、愛してくれるだろうか。バラバラになったおれの家族の話をすれば、そのことに深く同情し、自分たちはより強い絆を持った家族をつくろうと励ましてくれるだろうか。

――おれには、わからない。

家族のことだけじゃない。おれがすぐりと付き合い続けるには、たとえば美嘉とのことは話すべきでないような気がした。

「こないだはゴメンね」

着信したすぐりのメールには、そう書かれていた。

こないだとは、おれが百円ショップにすぐりを置いて帰ってしまった日のことだ。悪いのはおれのほうなのに、どうしてすぐりは、すぐに自分から謝ってしまうのだろう。そんなことだから、男の身勝手なふる舞いを助長させてしまうのだ。それこそ勝手な言い分なわけだが、おれは腹を立てた。

すぐりからの連絡がなければ、きっとこっちから連絡をして、先に反省の言葉を口にしていただろう。正直おれは、すぐりのことがとても気になっていた。

すぐりの前から消えるたびに、おれはすぐりのことが愛しくなっていた。矛盾《むじゅん》しているかもしれないけれど、すぐりを失いたくない気持ちが強くなってきている。今ではすぐり以上に、おれのほうが夢中になっている気さえする。

あの日、すぐりは短大時代の友人たちとひさしぶりに会えると、車を運転しながら楽しげに話していた。訊いてもいないのに、その集まりについて詳しく教えてくれた。参加予定メンバーは四人で、そのなかの結婚している友人について話すとき、どこか羨《うらや》ましそうな口ぶりだった。

「ずいぶん早く結婚したんだね」

そう口を挟むと、「そんなことないよ」とすぐりはちょっとムキになった。考えようによっては、早く子育てを済ませたほうが、その後の人生を楽しめるというようなことを言うから、だったら子供なんてつくらなければいいと思ったけれど、黙っていた。すぐりは早めの結婚を望んでいるのだろう。そういえば三十歳までに子供を産みたいと以前話していた。

夢中になって話しながらのすぐりの運転は、かなり危なっかしい。だから遠出をするときは、おれがハンドルを握る。この日もそうするべきだった。助手席に座ったおれには、すぐりの判断の鈍さが、どうしても目についてしまい、小言を口にしたくなる。すぐりを心配して言ってやっているのに、「草介は絶対に教習所の教官は向かないね」と言われた。最近すぐりも、言うようになった。お互い言い合える関係は悪くない。

交差点で右折しようとしたときに、中学時代おれと同級生だった志摩麻美も集まりに来る、としゃべりながら、すぐりは片手でハンドルを操ろうとした。そのとき、左手から道路を横切ろうとする自転車が接近しているのが見え、おれはひやりとした。たぶん死角になっていて、すぐりには見えていなかったはずだ。交差点を無事に通り過ぎてから注意したら、すぐりはふくれっ面になった。お互い隣同士で座っていても、おれに見えるもの、すぐりに見えないものがある。

すぐりは子供と同じで、気持ちがすぐ顔に出る。赤いとがった唇が、さらに一センチくらい前に突き出た。車間距離をとりすぎて止まるせいで、運転席のすぐりの頬が、前に停車したワゴンの赤いテールランプに照らされている。おれはすぐりの赤い唇を見つめた。あのとき、すぐりを自分の部屋へ誘った。けれど、すげなく断られた。おれはすぐりを今すぐにでも抱きたい、と思っていたのに。

そんなつもりはなかったのだが、急にこのまま別れたくなくなった。すぐりの赤い唇のせいかもしれない。どうして保育園帰りのジャージ姿のすぐりに、そんなに欲情するのかと、自分を笑いたくなったくらいだ。

最近、すぐりは女を感じさせることが多くなった気がする。それはすぐりに対する、おれの心境の変化に伴うものかもしれない。

おれは車を郊外へ向かわせようと企んだ。前にも何度か一緒に行ったラブホテルを思いついた。そのラブホテルの近くには百円ショップがある。そこで飲み物や食料を買い込んでから、ホテルに向かったことがあった。

「百円ショップに寄りたい」

おれは思い切って言ってみた。すぐりの気持ちをそれとなく探るつもりで。

すぐりは唇をとがらせたままうなずいた。

おれは逸《はや》る気持ちを抑え、ネクタイをゆるめて肩の力を抜いた。夜に傾いていく景色を眺め、今日はどんなふうにすぐりを愛そうかと想像しながら、下半身を硬くさせた。

すぐりの運転する車は、百円ショップの駐車場に滑り込んだ。がら空きの駐車場で、三度切り返してようやく車を駐車場の白線の内側に収めた。すぐりがフーッと長いため息をついたので、拍手をしてやると、にらまれた。

すぐりとは店のなかで別れた。おれは食品売り場に向かい、ホテルに持ち込む飲み物やスナック菓子などを選んだ。すぐりの喜びそうなラムネ菓子を見つけたのでカゴに入れた。それなのに、すぐりはいっこうに姿を見せない。しかたなくすぐりのいる売り場へ様子を見に行くと、夢中になって文房具を選んでいた。その姿を見て、すぐりにはその気はないと悟った。

おれはカゴに入れた商品をしぶしぶ棚にもどし、レジの前ですぐりを待った。けれど約束の時間を過ぎても現れない。おれはいつもすぐりに待たされる。気持ちが急速に萎《な》えていった。

なにも買わずに店を出た。駐車場で待っていようかと思ったが、なんとなく歩き出してしまった。

途中、一緒に行くつもりだったラブホテルの妖しい灯りが右手に見えてきたとき、すぐりから「どこにいるの？」とメールがきた。立ち止まり、「今、家に向かって歩いてる」とだけ返信した。

自分の思い通りにならず、こんなことをするのはどうかしている。自分でもそう思う。おれが消えるのは、すぐりに甘えているからかもしれない。こんなことは、すぐりにしかできない。おれはため息をつき、ホテルの灯りを恨めしげに眺め、また歩き出した。

自分の部屋にたどり着くまでに、何度も後ろをふり返り、すぐりの運転する車が来ないかと目を凝《こ》らした。焦げ茶色のよく似た軽自動車を何台か見かけた。でも、すぐりではなかった。もしもすぐりがおれを迎えにきてくれたら、運転を代わってすぐにでも百円ショップの近くにある、あのホテルに向かうつもりだった。すぐりが興味を持っていた露天風呂とカラオケの付いた部屋を奮発してもいい。今すぐにでも、すぐりを抱きしめたかった。

――馬鹿だよな、おれって。

車の赤いテールランプにすぐりの唇をダブらせながら、とぼとぼと歩き続けた。


その後、音沙汰がない。すぐりのことだから、短大の仲間との話を聞かせたくて、どうせそのうち連絡がくると高を括《くく》っていた。これまではいつもそうだった。そうこうしているうちに金曜日になった。

今週は顧客からの契約の解除が相次いだ。客の家を一軒一軒まわり、レンタルしていた通信機材を引き揚げる業務に追われた。これってそもそも営業の仕事かよ、と愚痴《ぐち》りたくなるのだが、上司に命じられるままに頭を下げてまわった。夜遅くならないと帰宅しない解約者も少なくないので、かなり厄介だ。

夕方に帰社し、駐車場に停めた営業車のなかからすぐりにメールを打った。待ちくたびれてしまったし、少々心配になった。

「ちょっと遅くなりそうなんだけど、ウチでメシでも食べない？　鍵はいつもの場所にある」

送信ボタンを押し、車を降りた。今夜はすぐりがどんな料理を作ってくれるのか期待していた。

デスクのパソコンで営業日誌を打ち込んで二十分たっても、メールが返ってこない。メールが送信されていないのかチェックしてみたが、送信済みになっている。気になって仕事が手につかなくなった。

すぐりと付き合ってから、はじめて味わう種類の胸騒ぎがした。病気で寝込んででもいるのだろうか——。

「どうした？　返事待ってる」

メールを再び送った。

すぐにケータイが鳴ったのでドキッとした。

画面を見ると、〝向井すぐり〟、と表示されている。電話に出ると、「草介？」と沈んだ声が言った。

「今日はね、草介ん家《ち》には行けない」

「どうした？　具合でも悪いのか」

「そうじゃない」

「だったら、いつにする？」と尋ねた。いつもなら、これはすぐりのせりふのはずだった。

しばらく居心地の悪い沈黙が続いた。

「——話があるの」

「え？」

「会ってから話そうと思う」

すぐりの言葉に、おれは一瞬かたまった。

「いつもの店に六時半でお願いします」

——なんだよ、その言い方。

言おうとして、やめた。

「それでは……」

すぐりのかしこまった声が、なぜか遠のいていくように耳に響いた。

馬鹿だなぁ、わたしって

「三年って、短いようで長いよ」

草介のことを相談した席で、麻美に言われた。

相談相手に麻美を選んだのは、地元在住ということもあったし、短大時代の仲間のなかでは一番気兼ねなく連絡をとれる間柄だったからだ。それに麻美が、草介と同じ中学校出身だったこともある。

これまで詳しく語らなかったわたしたちの経過を話すと、「やっぱり、うまくいってなかったのかぁ」と麻美は半《なか》ば予想していたような口ぶりを使った。

わたしはその言葉の意味を考えつつ、叱られている子供みたいにうなだれていた。

「ねえ、すぐり。この問題に対して、あたしはどうすればいい？　一緒に怒る？　それとも思ったことを言えばいい？」

麻美は生ビールのジョッキを握りしめ、頰をいい色に染めている。

テーブルの上のグラスには、解けた氷が潮溜まりのガラスのかけらみたいに残っていた。

「怒ってくれなくてもいいよ。思ったことを言って」

「わかった。じゃあ言うね」

麻美は静かな口調で続けた。「たしかなことは、それってすごく変だってこと」

顔を上げ、麻美を見た。目は明らかに怒っている。

「――だよね」

わたしはうなずいた。自分たちの関係が、他人から見ても正常ではないことに気づかされた。

「常識的に考えたってそうでしょ。ふつう、あり得ないよ」

麻美は首を左四十五度に傾け、威嚇《いかく》するようにわたしをにらんだ。

「あり得ない？」

「だって、デートの最中に消えたの、一度だけじゃないんでしょ」

「まあね」

「理由だって、はっきりしないんでしょ？」

「それはそうだけど、でもね、ひょっこり出てくるときもあるんだよ」

笑いかけたが、麻美はゆっくりと首を横にふった。かなり長めに。

「そんなのまやかしだよ。罪の意識があるなら、繰り返さない」

「そういうもの？」

「あったりまえじゃん、甘いんだよ、すぐりは」

わたしは、店員さんの呼び出しボタンにのばしかけた手を急いで引っ込めた。お酒のおかわりを注文するタイミングが、なかなかつかめない。

「まさか、暴力はないよね？」

「それは、ない」

きっぱりと否定した。

「でも、だからって、今後もないとは限らないよ」

麻美の目が細くなった。

そんなこと想像したこともなかったので、なんだか少し怖くなった。しかし、思えば付き合いはじめた頃、横浜へ一緒に行った帰り、草介は電車のなかで暴力をふるった。ボックスシートに座った向かいの中年男が、わたしの膝に自分の膝をぐりぐり擦りつけてきたときのことだ。草介は躊躇なく男の足を蹴り、鋭い目付きでにらみつけた。

「ねえ、あの人ってさ、あたしのこと、なんか言ってなかった？」

麻美が急に話題を変えた。

「同じ中学だとは、言ってたよ」

「それだけ？」

「ほかには、とくに」

「あっ、そう。やっぱり、そういうやつなんだよね」

「え？」

「要するに冷たいってこと」

「なんで？」

麻美はこたえてくれなかった。

わたしは草介がなぜ冷たいと思うのか知りたくて、質問を変えた。「草介って、中学時代はどんな感じだった？」

「まあ、なんていうのかな、あの頃はクールな感じで女子にもそこそこモテたと思うよ。当時は付き合ってる子はいなかったし、たしかにかっこいいからね。でもあの人、どっか短気なとこあるよね。女の子にもらったラブレターを読まずに破り捨てたって話を聞いたことがある。本当かどうか知らないけど、やりそうな気がする」

「そんなこと、あったんだ」

「昔の話だけどね」

言ったのを後悔するように麻美は口をすぼめ、お新香の鉢に箸をのばし、素早くキュウリを口に放り込んだ。

そうなんだ、とわたしは思った。

「すぐり、はっきり言うけど、別れどきかもよ。わたしだったら、すでに別れているかもしれない。正直、すぐりと草介が今後うまくいくとは、考えにくいよ」

麻美がわたしのために憤《いきどお》っているのはよくわかる。でも、どうすればいいのか、という問題の解決に向けた建設的な意見は出てこなかった。最初からわたしたちの関係について否定的な立場に傾いている気がした。

将来のことを考えれば、たしかに不安がある。三年近く付き合っても、草介のことがまだよくわからない。たとえば家族についてすら詳しく知らない。草介はときどき不意に、わたしの前から消える。こんな状態でこれ以上付き合うのは、時間の浪費かもしれない。草介との別れというものが、自分のなかで急速に現実味を帯《お》びてくる。

「うまく別れられるといいね」

「どういうこと?」

「男ってさ、別れ話を持ち出すと豹変するのがいるじゃない。それこそ急に暴力ふるったり、その後もつきまとったりさ」

「それはないよ」

「だったら、いいけど」

麻美は両肩を持ち上げるポーズをとった。

草介はそんな人じゃない。わたしは少しムッとした。それくらいわたしにもわかる。あの人が消えるのは、あの人のせいだけじゃない。それこそ遠因は、語りたがらない過去や家族にあるのかもしれない。だからこそ厄介で、自分にそれを受け止めるだけの度量があるのか怖くなるのだけれど。でも、その孤独な暗がりに、だれかが光を当てなければ、なにも変わらないはずだ。

「ねえ、今度仕事のあとに、一緒に遊びに行こうよ」

「アキオ君はいいの？」

「いいのいいの、あんなやつ」

しもぶくれの麻美の頬がさらにふくらんだ。

「なにかあった？」

「じつはさ、あたしたちも、あんまりうまくいってないんだよね」

「え、そうなの？」

「あいつ、どうも浮気しやがったみたいでさ」

「それって……」

短大時代の仲間での集まりで、麻美が「かんべんしてほしい男」に挙げた項目だった。

「まったくさ、口では一途《いちず》みたいなことさかんに言っといて、合コンとかしょっちゅう行ってるみたい。学生だから仕方ないとは思うよ。でも、浮気は別だよね。酔った勢いか知らないけど……」

麻美は無理に笑おうとした。

「麻美の働いてるホームセンターって、ニュータウンだったよね」

「そうだけど」

「どこの売り場？」

「ペットショップの隣にあるガーデニング・コーナー」

「そっか、あそこってかなり広そうだよね」

「もちろん。なんてったって、世界最大級って話だよ」

「今度行ってみようかな」

わたしは冷めてしまっただし巻き卵を箸でつまんだ。

「すぐり、あたしたちには、もっといいオトコが必ずいるよ」

麻美はドリンク・メニューを取り出して、店員さんの呼び出しボタンを押した。

ふたり分のお酒の追加注文後、麻美はアキオ君の話をはじめた。アキオ君に対する批評は、批判へと変わり、やがて誹謗《ひぼう》に近いかたちにまで発展した。ついこのあいだまで楽しげに話していたふたりはどこへ行ってしまったのだろう。麻美の話を聞いていると、この世には信用のできる男なんて存在しないように思えてきた。

話の合間に、麻美はふと思い出したように、草介の実家の話をはじめた。今は団地を引き払って、貸し店舗兼住宅に草介のお母さんがひとりで住んでいるらしい。

「お店はやってるの？」と訊くと、「スナックらしいけど、夜の商売だからわからない」とそっけなく言われた。

麻美と会った二日後、保育園からの帰り道に、ケータイにメールが着信した。草介からのメールだった。

いつもならわたしからメールをして仲直りするので意外だった。だからうれしくて、運転していた車を急いで路肩に停めた。

「ちょっと遅くなりそうなんだけど、ウチでメシでも食べない？　鍵はいつもの場所にある」

メールには、そう書かれていた。

自分が消えたことについての釈明はいっさいなかった。まるでふたりのあいだには、なにごともなかったような文面をにらんだ。

草介はなにもわかっていない。わたしが傷ついていることも、友だちに相談するくらい悩んでいることも、付き合い続ける自信がなくなってきていることも……。そう思うと、急に悲しくなった。それとも、草介は気づいているくせに、そういうそぶりを見せないだけなのだろうか。

メールは、おれの部屋で夕飯を作って待っていろ、とも受け取れる。わたしの手料理を草介が気に入ってくれているのは知っている。いつもおいしそうに食べている。いい嫁さんになれると言われたこともある。その言葉はうれしくもあった。

でも、どうなのだろう。考えようによっては、なんだかいいように使われているだけのようにも思えてくる。もしもわたしが、草介の言うとおりにしたら、以前の関係のままなのだろうか。でもまた、草介はわたしの前から消えるだろう。そしていつか、わたしは捨てられるのかもしれない。

草介が上野で消えたときも、イチゴ狩りのあと立ち寄った海辺で消えたときも、このあいだ百円ショップで消えたときも、わたしは責めたりしなかった。ことを荒立てず、いつも静かに妥協《だきょう》してきた。それは草介とずっと一緒にいたかったからだ。それなのに草介には反省の様子がうかがえない。

つい先日のことだ。保育園でちょっとした事件が起きた。近くの公園に外遊びに出かけたつき組さんの子が、引率者のなつみ先生がちょっと目を離した隙にいなくなった。その子は、たびたび問題行動を起こしていた。連絡を受けた職員らが現場に駆けつけると、ツツジの生け垣の奥に隠れているところを発見され、大事には至らなかった。

その事件に直接関わっていなかったけれど、保育士としての教訓以外にも、突きつけられたものがあった。今日、同僚の先生から聞いた話では、問題の子は隠れた理由を訊ねると、はっきりとこたえたそうだ。「なつみ先生が好きじゃないから」と。

そのときわたしは不意に真実を見つけた気がした。草介が自分をさらけ出さないことや、わたしの前から消えるのは、なぜなのか。

——ああ、そうだったのか。

と心のなかでつぶやいた。

——馬鹿だなぁ、わたしって。

つくづく、そう思った。

子供はときに残酷なほど素直だ。いなくなった子の言葉は、同じように消える草介の気持ちを代弁している気がした。そうであれば、草介のとってきた不可解な行動について、すべての辻褄《つじつま》が合う。

——消えるのは、好きじゃないから。

道端に停めた車の運転席で、涙が頬を伝った。こんな簡単なことになぜ今まで気づかなかったのだろう。自分を笑ってしまいたくなる。

フロントガラスの向こうには、水が張られた田んぼが広がっている。夕日に照らされ金色に輝く田んぼの水面には、雨が降っているわけでもないのに、雨の雫《しずく》が打ったように水の輪がいくつも広がっては消えた。でもその原因をわたしは知っている。以前不思議に思って田んぼをじっと眺めていたら、そこにはアメンボが泳いでいるのが見えた。なにかが起きるとき、必ず原因があるのだと、そのとき学んだ。草介が消えることにも、当然理由があるはずだ。

道端には、ヒメジョオンがすくすくとのびていた。車を停めたのは、草介とはじめて出会った場所のすぐ近く。あの日、車をパンクさせたわたしの前に草介が偶然現れたことによりはじまった恋は、どうやらふり出しにもどろうとしている。ティッシュで涙を拭き、洟《はな》をかんでも、とめどなく涙と洟が出てきた。

どれくらい時間がたっただろう。着信音が鳴り、草介からまたメールが来た。わたしは涙を拭いて、散らかったティッシュをかたづけた。バックミラーを自分の顔に向け、無理をして赤い目と鼻で笑ってみた。子供の前では泣きたいときでも笑わなければならない職業だから、慣れている。

ケータイで短いメールを確認してから、電話帳で草介の番号を選んで発信ボタンを押した。メールではなく、会って話すほうがいい。もしも草介が曖昧な態度をとるのであれば、その場で終わりにしよう。


約束の時間より二十分遅れて、わたしは待ち合わせの店に到着した。家に帰って着替えに手間取ってしまった。今日という日が特別な日になる予感がしたから、さすがに保育園帰りのジャージ姿のままで会いたくなかった。かといって過度におしゃれするのも不自然だし、さんざん悩んだわりには、どこかちぐはぐな服装になってしまった。

窓際のボックス席で待っていたスーツ姿の草介は、わたしに気づき、顔をほころばせかけたが、すぐに笑みを引っ込めた。「話があるの」と告げたわたしの真意をいくらかは察している顔つきだ。

「遅れてごめん」と謝ってから、席に着いた。

店は平日のせいかテーブルは埋まっていなかった。なにげなく見上げると天井に描かれた天使と目が合ったような気がした。

「まずはメシにしよう」

草介はテーブルに置かれた大判のメニューを開いて顔を隠すようにした。わたしもメニューを開き、注文する品を選んだ。すでに心理戦がはじまっている気がした。きゅるきゅるとお腹が鳴りそうになり、あわてて腹筋に力を込めた。

ウエイトレスが注文を取りに来た。草介はアラビアータを、わたしはサラミとパンチェッタのピザと小エビのカクテルサラダを注文した。

「またかよ」

草介はいつものせりふを口にした。

この店へ来ると毎回小エビのカクテルサラダを注文するせいだ。でもそれは、ふたりにとって挨拶代わりのジョークみたいなもので、ちっともいやな感じはしない。いつもならわたしは唇をとがらせてみせるのだが、今日はしなかった。

食事中の話題は、普段と変わらなかった。わたしはこの春から四年目にしてはじめて担任した年長児クラスの話をし、草介は営業の訪問先でのクレームの話をした。でも、お互いどこかよそよそしく会話は弾まず、相手の出方を探るように言葉少なになった。

草介と食事をしていて、カチャカチャと鳴る食器の音が気になったのははじめてのことだ。食器を鳴らしているのは、圧倒的にわたしのほうだ。ピザを切るのに使う円盤の付いた道具がどうも苦手だ。いつもなら楽しくおしゃべりをし、お互いの料理を交換し合ったりして、そんなことは気にもならなかった。自分の料理を全部ひとりで平らげたので、お腹がいっぱいになってしまった。

食事を終え、ドリンクバーで淹れてきたコーヒーを飲みはじめたら、草介が「それで、話ってなに？」と切り出してきた。

わたしは、自分に向けられた切れ長の目から視線を外した。来る前にどのように話を進めるかまで考えたのに、頭のなかが真っ白になった。ここでこの話を持ち出せば、たぶん自分たちの関係は今までのままでは済まない。迷いは長い沈黙に化《ば》けた。

「話がないなら出ようか？」

思いがけずやさしげな声がかかった。

わたしは顔を上げ、草介を見た。この人がやっぱり好きなのだと自覚した。ならばなおさら、このままではいけないはずだ。草介のためにも、わたしのためにも。

「なんとなく気づいたの」

勇気を出して最初の言葉を口にした。「どうして、草介が突然わたしの前から消えてしまうのか。それと、なぜ自分のことを語りたがらないのか」

草介はコーヒーカップに人差し指をかけたまま黙っていた。

「わたしって、馬鹿だなって思った」

笑おうとしたが、うまくいかず、意味もなく首をかしげてしまった。

時間が止まったように草介は動かなかった。

「わたしね、草介のことが好きだから、ずっと悩んできた。どうしてなんだろうって。正直、草介が消えることで傷ついたし、それについては前に訊いたけど、消える理由が理解できなかった。でもね、考えてみると、それってとても単純なことじゃないかって、気づいたの」

そこまで話して、再び口をつぐんだ。胸が詰まって苦しかった。

「なんだよ、それ」

草介の声と一緒に、コーヒーカップを皿に置く音がした。

「自分でわからない？」

尋ねたが、返事はなかった。

「すごく簡単なことだよ。草介は、わたしのことなんて、好きじゃないんだよ」

「ちょっと待てよ」

草介の声がとがった。

「ごめんね。——もっと早く気づいてあげればよかったね」

わたしは悲しみでゆがみそうになる唇に力を込めた。でも、涙腺《るいせん》に力を込めることはできず、あっけなく涙があふれた。できることなら子供のように大声を上げて泣き出したかった。あるいは店を飛び出してもいい。でも、中途半端に大人になったわたしには、それはできなかった。じっと耐えるしかなかった。

草介はわたしの言ったことに対して、肯定も否定もしなかった。再び長い沈黙が続き、確実に目の前のコーヒーは冷めていった。二人ともそうすることがルールであるかのように動かなかった。

不意に草介が口を開いた。

「おれがはじめて消えたくなったのは、たぶんあのときだと思う」

そして草介は自分の子供時代について語りはじめた。わたしのはじめて聞く話だった。

草介は今も鮮明に記憶が残っているようで、昨日のことのように克明《こくめい》に語った。

小学四年生のときに弟が犬を拾ってきたところから話ははじまった。最初は努《つと》めて明るく話したけれど、父親の車に乗せられて犬を捨てに行くくだりになると、草介の声はトンネルにさしかかったように暗く湿りだした。犬を置き去りにしたあと、父親に車から降ろされて雨のなかをずぶ濡れになって歩いたとき、はじめて消えたい衝動に駆られたと、草介は告白した。

話はそこで終わらず、やがて四人家族がどのように暮らし、どのように離散し、今に至ったのかに続いた。高校時代の父親との衝突、その後の父の失踪、弟の家出、母親の駆け落ち、様々な事件がちりばめられた。すべての逃走劇を解決すべく、草介は彼らのあとを追ったが、家族は元どおりには収まらなかった。草介は堰《せき》を切ったように、自分の過去を吐き出し続けた。

わたしは一言も言葉を発せずに聞いた。話を聞いているあいだ、常に後頭部に、父と子が犬を捨てに行ったという暗い森のイメージが浮かんでいた。大学を中退し、母親に家を出ると告げた日のことを話すと、草介はようやく口を閉じた。

草介は席を立ち、ドリンクバーへ行って、二人分のコーヒーを淹れなおしてきてくれた。

「ありがとう」とわたしは言った。コーヒーを淹れてきてくれたことではなく、自分の過去や家族について話してくれたことに対しての感謝の言葉のつもりだった。

とはいうものの、わたしの心は激しく揺れた。この話を聞くべきだったのかどうか。草介は自分の過去を自ら語り出すことで、誠意を見せてくれた。それは草介なりのわたしに対する精一杯の償《つぐな》いであるような気もした。

けれど、草介の生《お》い立ちに強い不安を感じたのも事実だ。草介が突然消えることについての根拠を見いだした気はしたけれど、ある意味ではわたしを確実に一歩引かせることにもなった。とても勝手な言い分かもしれないけれど。

「訊いてもいいかな？」

わたしはある疑問について尋ねるべく声をかけた。

「いいよ」

「どうして、今になって話す気になったの？」

草介はしばらく考えてからこたえた。「今になってというのは当たらないと思う。今だから話す気になったんだ。おれは過去に縛られずに生きたいと思っている。でもどこかで引きずっていることも事実だ。そうであれば、すぐりに聞いてもらうべきなのかもしれないと思った。誤解されたくはない。おれが話さなかったのは、すぐりを失うのが怖かったからかもしれない。話を聞いておれのことがいやになったなら、それはそれでしかたない。おれには、過去は変えられないから」

草介はいったん言葉を切り、わたしを見た。「でもね、おれはすぐりが好きだ。それはまちがいない。消えたことは悪かった。もうしない、約束する」

そして、頭を下げた。

「――わかった」

わたしはちいさくこたえた。

謝ってくれたこと、もう消えたりしないと約束してくれたことは素直にうれしかった。もちろん好きだと、はじめて言ってくれたことも――。なんだよ、やっぱり好きだったのか、とひどく照れくさくなった。

「お父さん、その後、手掛かりとかはないの？」

「ない。それに、もう捜すつもりはない」

「家族とは？」

「会おうとは思わない」

「どうして？」

「あいつらに、これ以上自分の人生をふりまわされたくないんだ」

草介は首を弱くふった。

とくに失踪した父親の存在が、草介に大きく影響を与えている気がした。草介は今も恨んでいるのだろうか。そのことが気になって訊いてみると、「あまり話したくない」と言われた。

「わかるよ。わかるけど、向き合うことも大切じゃない。草介のなかで強く印象に残っていることのほかに、お父さんとの楽しい思い出だって、きっとあるはずだよ」

草介はこたえなかった。

たぶんわたしは草介のことを百パーセント信じたわけではない。ただ草介との関係には光も見えた。もう少し時間をかけてもいいような気がした。元々別れたくはないわけだし、わたしだって好きなのだから。

「本当にもう消えたりしない？」

「しません」

「なんでも隠さずに話してね、わたしも話すから。約束してくれる？」

草介はうなずいた。

「きっと変われるよ」

「変わる？」

草介はすばやく顔をしかめた。

「だって、もう消えたりしないんでしょ？　それって、変わるってことだよね」

「そういうことかもな」

「だいじょうぶだよね？」

二回うなずく。

「わたしを大事にしてくれる？」

「するよ」

草介は少し怒ったような口調になった。

「ねえ、お願いがあるんだけど」

わたしはこれまでの草介の話を聞いて、あることを思いついた。言ってみれば、草介を許すための条件。そのことを口にすると、草介はようやく口元をゆるめ、わたしの手をつかんだ。

「いやだって言ったら？」

「言わせないよ。わたし本気だから」

「わかったよ」

草介は渋々ながらその条件を受け入れた。

「じゃあ、日曜日に、ホームセンターへ行こう」

「ホームセンター？」

「そう、あそこなら、きっと見つかるから」

悲しみでゆがんでいたわたしの唇が、今は喜びでゆったりと横に広がった。草介の温かい手に触れながら、話してよかったと思った。草介の育った家庭環境には不安も残る。でも、人は変わることができると今は信じたかった。

「すぐり」

「なぁに？」

「もしだよ、もしおれが約束を破ったら、どうする？」

「許さない」

即答した。

「許さないって、つまりどういうこと?」

「もう会わない」

わたしはきっぱりと言った。

草介はなぜだかうれしそうな顔をして、わたしの指の太さを確かめるように、一本一本さわった。

「出ようよ」

わたしが言うと、「今日はおれが払う」と草介が透明なプラスチックの筒に入った伝票をすばやく手にした。普段は割り勘なのに、どうやら今日はご馳走してくれるらしい。せっかくなのでお言葉に甘えることにした。

店の出口で待っていると、草介がやって来て、「すぐり、コレ」とレジ袋を渡された。

「なにコレ？」

わたしは駐車場に向かう草介を追いかけながら、袋のなかをのぞいた。なかにはドレッシングの五百㎖のボトルが入っていた。色は鮮やかなサーモンピンク。わたしの好きな小エビのカクテルサラダに使われているサウザンアイランド風のやつだ。

「コレ、どうしたの？」

「それがあれば、おれの部屋でも小エビのサラダが作れるだろ。店長にかけ合って、特別に分けてもらった」

「ほんとに？」

草介はわたしの髪を撫でながら言った。「嘘だよ。ドレッシングはレジで販売してるの」

「なーんだ、びっくりした。でも、ありがとう。今度エビとレタスとトマトを買って、草介の部屋へ行くよ」

「まかせるよ。すぐりの料理なら、全部好きだから」

草介が笑った。

わたしはうれしくなって、心地よい重みのドレッシングのボトルを意味もなくふってみた。

草介は、本当はやさしい人なのだ。そのことは、わかっていた。車の運転を見ていれば、意外と人柄がよくわかる。ぶつくさと文句を言うときもあるけれど、わたしなんかよりよっぽど、脇道から入ろうとしている車に親切に道を譲ってあげている。普段からそういうことができるのは、きっとそういうことに慣れているのだ。短気なところもあるけれど、そんな一面もちゃんと持っている。そもそもわたしが草介を好きになったのも、パンクしたタイヤを取りかえてくれたからだ。

「車のキーを貸して。おれが運転する」

出ていた。

「まかせた!」

車のキーを草介に放り、助手席のドアへまわった。空には切り落とした爪のような月が出ていた。

日曜日は気持ちよく晴れた。わたしと草介は、ニュータウンにある麻美の働くホームセンターへ車で向かった。

車のハンドルは草介が握っている。金曜日、百円ショップの近くにあるホテルのベッドで話し合い、一緒のときは、草介に運転を任せることに決めたのだ。そのほうが安心だし、わたしの運転について、とやかく言われずに済む。草介にしてもストレスを感じることもない。お互い無益な喧嘩はなるべく避けたいと思ったから。

昨日、麻美には、草介と仲直りをした旨、メールで知らせておいた。麻美からの返信には、結局は本人が決めることだから、という意味のことが書かれていた。麻美は、どうやらアキオ君と別れることを本気で考えているようだ。というか、アキオ君は、浮気をした相手とその後も何度か会っていることが判明したらしい。そんな状況もあり、今日ホームセンターへ行くことは、麻美には内緒にしておいた。

「けどさ、どうしてそんなこと思いついたわけ?」

行きの車のなかで訊かれた。草介が消えないと約束したあとで、わたしが許すにつけて出した条件のことだ。

「少し前に保育園の子供たちに質問したの。これまでおうちで生き物を飼ったことはありますかって。そうしたら、飼ったことのない子供が意外と多かった。ウチのクラスでは、今はなにも飼ってないから、なにかを飼うことにしたの。みんなに意見を訊くと、出るわ出るわ、いろんな生き物の名前が挙がった。やっぱりなにかを育ててみたいんだな、って思ったよ。生き物を飼ったことがないって手を挙げたユー君なんて、外遊びのときにタライを持ってきて、『先生、これ飼いたい』って言うの。なかにはダンゴムシがうようよ入ってて、鳥肌もの。結局、ウチのクラスでは、メダカを飼うことにしたんだけどね。だから、草介にも勧めてみようと思って」

「おれは保育園児並みってことか」

「そういうことじゃない」

「わかってる。でもさ、おれのアパート、基本的にペット禁止なんだよね」

「それは犬や猫とかでしょ。だいじょうぶ、草介も最初は小さい生き物からはじめればいい」

「そんなもんかね」

「子供の頃、生き物を飼いたかったけど、飼えなかったんでしょ。だったら、今からでも遅くないよ。なにかを自分で育ててみるんだよ」

「まあ、たしかにそういう発想はなかったな」

「きっと楽しいよ」

「で、なににするわけ？」

「それは、自分で決めればいいじゃない」

「まあ、おれが育てるわけだからな」

「そーいうこと」

わたしが言うと、草介は困ったような顔で笑った。

それからしばらく、なにを飼うべきかふたりで話し合った。はじめて生き物を飼うことを考慮して、わたしが飼育した経験のある小動物をいくつか挙げてみた。草介はあまりぴんとこないようで、小さくうなずきながら聞いていた。

スクリーンが十もあるという大型シネコンに隣接したホームセンターの駐車場は、とてつもなく広い。しかし日曜日のせいか、ほぼ満車状態。ようやく車を停めてから、案内板の地図を見たら、目的のペット館までかなり距離があることが判明した。げんなりしていると、「ちょっとくらい歩こうぜ」と草介に励まされた。

わたしたちは目の前にある食品館には入らずに、店の外側に沿って続く通路を進むことにした。家族連れの姿が目立つ。大きなカートに買い込んだ商品をたくさん積んだ人たちが、次から次へと店から吐き出されては、駐車場の車へと散っていく。行き交う人たちのなかを歩いているうちに、わたしは早くも不安になった。とにかく人が多い。この状況はまさに草介が消えるシチュエーションに限りなく近かった。

消えたら、いかなる場合でも草介を許さない。わたしはそう決めていた。許さないというのは草介に宣言したとおり、もう会わない、別れるということだ。本当にそれが自分にできるのか自信はなかったけれど、でも、そうするしかない。だからといって、わたしのほうで草介が消えないように策を講じることはしたくなかった。

「おい、そっちじゃないよ、こっちだろ」

考えごとをして歩いていたら、草介の声がした。

「ほんと、すぐりって方向音痴な」

白い歯を見せて笑っている。

草介のことを心配してたんだよ、と言って、その腕をとりたかったけれど、しなかった。すると草介がエスコートするように、わたしの腰に腕をまわし引き寄せた。

食品館の隣にある生活館に入り、売り場を眺めながら歩いた。店内は当然ながら外よりも混み合っている。品揃えは驚くほど豊富だ。この店になければあきらめる人が多い。麻美はそう言っていたけれど、あながち大袈裟ではない気がした。たとえばオーラルケア用品だけで、コンビニ一店舗以上の売り場面積を占めている。

食器のコーナーにさしかかったとき、面白そうな商品を発見した。最近、加世子さんは血圧が高いせいか、自分で使う醤油の量を意識的に控えている。けれど、たとえば白菜の浅漬けに醤油を少量つけようとしても、醤油差しから醤油が勢いよく出てしまうのだ。加減がうまく調整できない。その点、わたしが見つけた醤油差しは、頭にまるいボタンが付いていて、ポチッと押すと、ポタッと一滴だけ醤油が垂れる仕組みになっている。加世子さんにはうってつけの品だろう。しかし、お値段は通常の醤油差しの倍はする。

醤油差しについつい夢中になっていたら、草介の姿が見当たらない。ハッとして周囲を見まわす。

少し先の調理器具の売り場に草介の姿があった。醤油差しを握りしめたままあわてて駆け寄ったら、「子供みたいに売り場を走るなよ」と露骨にいやな顔をされた。「おまえこそ勝手に離れるなよ」と言いたいところだが、実際に近くを男の子が走りまわっていたので、かなり恥ずかしかった。

草介が手にしていたのは、不思議なフォルムをした銀色に輝く物体。丸みを帯びていて、スターバックスで売っているタンブラーくらいの大きさ。近くで見るとステンレス製であることがわかった。どこかで見たような気もするが、思い出せない。

「なんだかわかる?」

わたしは首を横にふり、コツコツと指先でつついた。

「ほら、こうすると、三つに分かれる」

「へえ、上はキャップ、下はコップ、まんなかは、なんだろう？」

わたしの顔がブスになって表面に映っている。

「小さな穴が開いてるだろ。ここで氷や果物の種なんかを濾《こ》すんだよ」

「へえー。で、なんなの？」

尋ねると、草介はその銀色の物体を両手で包むように持ち、胸の前でふってみせた。そのかっこうで閃《ひらめ》いた。「ああ、わかった。バーとかで、お店の人がふるやつだ」

「正解。これはカクテルをつくるシェーカー」

「やけに詳しいじゃん」

草介はシェーカーを見つめたまま、「親父がバーテンダーだったからね」とこたえた。

「そうなんだ」

先日、話を聞いたときは、お父さんの詳しい職業までは説明がなかった。草介が自分から家族のことを口にしたのは、たぶんはじめてのことだ。草介はわたしとの約束を守ろうとしている。草介はお父さんを捜すつもりはないと言ったが、今も気にかけているようだ。

余計なことを口走らないように、「こんなものまで揃ってるんだね」とおどけてみせた。

「ほんと、すごいよこの店」

草介はシェーカーを丁寧に棚にもどし、口元をゆるめた。

「ほらコレ、便利そうでしょ」

わたしが手にした醤油差しの使い方を説明すると、「いいじゃん、買ってけよ」と草介に勧められた。

レジで加世子さんのための醤油差しを買い、工具館に移った。様々な工具が展示販売されている。電動ドライバー、チェーンソー、高圧洗浄機、わたしにはなにに使うか皆目《かいもく》わからない道具もたくさんある。作業服姿の男の人が目立つのは、おそらく大工さんなどのプロの職人さんなのだろう。真剣な眼差《まなざ》しで商品を選んでいた。耕運機が並んだ売り場では、板囲いのなかに本物の土が入っていて、家庭用の耕運機を実際に試してみる体験コーナーになっていた。

「やってみようか」

草介がおもしろがったが、先へ急ぐことにした。

天井の高い巨大な倉庫のような資材館には、太く長い角材や畳一畳分はあろうかというベニヤ板が積まれていて、わたしが買おうと思うような商品は見当たらなかった。部屋のドアがふつうに販売されているのを見て、なんだか可笑しくなった。ドゥ・イット・ユアセルフ。まさに自分でなんでもつくったり直したりする時代なんだな、と感心する。

「あっちかな?」

草介が指さした先に、屋外のスペースが見えてきた。

倉庫のような建物の外に出ると、視界に緑が飛び込んできた。その緑のなかに、ちらちらと色とりどりの花が咲いている。台の上に、大小様々な鉢やポットに入った植物が陳列されていた。

白いパーゴラには、つる性の植物が巻き付いている。バラの香りだろうか、近づくとふわりと甘い香りがした。展示用につくられた庭がいくつもあり、ちょっとした植物園のようだ。左手の奥にはパレットの上に積まれた何種類ものレンガの山が見えた。どうやらここが、麻美の働くガーデニング・コーナーらしい。

「あれ、果樹を売ってる」

草介が足を向けようとする。

「こっち、こっち」

あわてて呼び止めた。

今日は麻美に会わないほうがいいだろうと思い、ガーデニング・コーナーはパスすることにした。

「なんだよ、見たいものがあったのに」

草介は不服そうな表情を浮かべたが、わたしのあとに付いてきた。

耳の垂れた茶色い犬の絵が描かれた看板の矢印に従って進むと、ようやくペット館にたどり着いた。駐車場に車を停めてから、すでに一時間近くがたとうとしていた。

「いるいる！」

草介がわたしを追い越していく。

少し蒸し暑いくらいの館内は、そこかしこから動物の鳴き声が上がっていた。奥のほうからはたくさんの小鳥たちのさえずり、左手からは犬の吠え声、それに人間の赤ん坊の泣き声もした。

「うわっ、けっこうキツイなぁ」

草介が言ったのは、においのことだとすぐにわかった。

わたしの鼻も敏感に反応した。はっきり言って臭い。でも、このにおいを克服《こくふく》できないようでは、たぶん生き物なんて育てられない。人間だって、生きる上で食べることと排泄《はいせつ》することは、切っても切れない本能的な営《いとな》みだ。だからわたしは「そうだね。でも、生き物って、そういうもんじゃん」とわざと明るく言ってみせた。

草介はふらふらと犬のコーナーへ足を向けた。

「そっちじゃない」とシャツを引っぱりそうになったけれど、付き合うことにした。ガラス張りの狭い部屋に、子犬たちが一匹ずつ入っている。親子連れの客が何組か、子犬を見ていた。三つ編みにした女の子が、毛糸のぬいぐるみのようなトイ・プードルの前で「かわいい」を連発していた。

「見ろよ、犬ってこんなにするんだな」

草介はミニチュア・ダックスフントの値札に書かれた金額を見つめている。ワクチン代を除いて十七万円の値が付いていた。

「そうだね、ここにいるのは、みんな血統書付きとかなんじゃない」

「だろうな、弟のやつが拾ってきたような雑種とはわけがちがう。それにしても高いな」

「たしかに。――ねえ、弟さん、今どうしてるの？」

「生きてるよ。たまに連絡がある」

「そうなんだ」

草介がちゃんとこたえてくれたことがうれしかった。

「最近、犬や猫を飼い続けることができなくなって、保健所に連れて行く人が増えてるらしいぞ。犬の世界でも高齢化が進んで、老犬を処分する人もいるらしい。このあいだニュースでやってた」

「だったら、最初から飼うべきじゃないよね」

「まあ、おれもガキの頃に逃がした口だから、えらそうなこと言えないけど」

草介はバツが悪そうに唇をゆがめた。

「でも、草介は犬を殺したかったわけじゃないよね。お父さんだって、それは同じだったんじゃない？」

「どうだかね」

草介は首を揺らした。

売り場の隅に鉄柵の犬舎がいくつかあった。さっき見た子犬たちより、ひとまわり大きな犬たちが、だらしなく寝そべっている。

「あれ、こいつらは、値段が安いぞ」

「ほんとだ」

涙を浮かべているようなぎょろ目のパグが、こっちを向いた。値札には、特別価格五万円と書かれている。生年月日は、去年の四月だ。

「売れ残っちゃったのかな?」

「大きくなると、値段は下がるわけ?」

「どうしてだろう」

なんとなく命の値段に判然としない気分のまま犬舎の前を離れ、別の売り場を見てまわった。犬、猫、ウサギ、リス、ハムスター、フェレット、鳥、カメ、ヘビ……。あらゆる種類のペットがいる。

最終的に草介が選んだのは、観賞魚。大小あらゆるサイズの水槽が、背の高いラックにずらりと収まった一角で立ち止まった。耳鳴りのように聞こえるのは、水のなかに空気を送り込むポンプの音らしい。水槽にはライトが付いていて、なかは明るく見やすかった。

さっそく並んだ水槽を眺め、飼う魚選びをはじめたのだが、ここでふたりの意見が分かれてしまった。わたしは金魚、あるいはメダカなどの一般的な淡水魚がよいと主張したのだが、草介は、それはいかにも平凡だと言い出した。

「そこまで保育園と同じじゃなくてもいいだろ？」

そう言われると、「まあね」とこたえざるを得なかった。

草介が足を止めたのは、カラフルな小魚が泳ぐ熱帯魚の水槽。

「ほら、すごくきれいじゃん」

草介は顔を近づけて指さした。

「だけどさ、熱帯魚って、設備がいろいろと大変なんじゃないの」

「そうなのかな」

「そうだよ。この水槽に付いているような装置がいるわけでしょ」

「訊いてみるか」

近くにいた店の女性スタッフに声をかけた。案の定、熱帯魚を飼うには、金魚やメダカを飼うよりいくつか余計に必要なものがあることが明らかになった。たとえば熱帯魚が好む水温に保つヒーターなどがそれだ。ぽっちゃりした色白の若い店員さんは、熱帯魚の飼育にとても詳しく、親切に教えてくれた。

「あのー、ご予算などは決まってらっしゃいますか？」

その質問には、ふたりで顔を見合わせた。

「うーん、五千円くらいですかね？」

草介がこたえると、「それでは、こちらのセットなどはいかがでしょう」と言われ、連れて行かれた売り場には、大小様々な水槽のセット商品がずらりと並んでいた。店員さんが見せてくれたのは、六十センチ水槽に、水を浄化させるフィルター、ライト、ヒーター、水温計がセットになっている四千九百八十円の商品。

「この水槽、かなり大きいよ？」

わたしが言うと、「たしかに。でも、大は小を兼ねるって言うしな」と草介は買う気満々だ。

結局、草介はその水槽セットを購入した。初心者向きの熱帯魚として薦められたグッピーは、わたしがプレゼントすることにした。シンガポールから輸入されたグッピーが安かったけれど、国産のものが丈夫だというのでそちらを選んだ。水槽のなかを泳ぐ元気そうなグッピーをふたりで指さし、店員さんに小さな網ですくってもらった。グッピー四匹で千六百円。メダカにしておけば、四百円で済んだのだが、まあしかたない。

そのほかにも水槽の下に敷く砂利、水を中和させる薬品、グッピーの餌なども買い求めた。

「なんかいきなり本格的になっちゃったな」

草介は水槽を積んだカートを押しながら、照れくさそうだった。

「こういうことはね、最初が肝心なんだよ」

わたしはジーンズのお尻を叩いてやった。


ホームセンターからの帰り道、ハンドルを握った草介が「近くだから、見に行こう」と言いだした。印旛沼《いんばぬま》水系に架かる橋をいくつか渡り、成田《なりた》方面へと車は向かった。市街地から離れ、ようやく到着したその場所は、区画整備されているものの道路は舗装されておらず、草木が鬱蒼と茂った土地が続いている。あたりには家屋はなく、人の姿もない。外灯もないため、日が沈めばたぶん真っ暗になるだろう。

なだらかなカーブを抜けたとき、車は突然止まった。

「ここだよ」

草介は顎をしゃくるようにして言った。

鉄条網の向こうに、雑草が伸び放題の土地が見渡せた。

「ここって?」

「ほら、このあいだ話しただろ。家を出るときにお袋から、わけのわからない封筒を渡されたって。唯一、親父がおれたちに残したもの。封筒の中身は、この土地の権利書だった」

「お父さんの土地ってこと?」

「まあ、そういうことだね。詳しいことはわからないけど、親父が七年以上消息不明の場合は、手続きを踏めば法律上死んだと見なされて、この土地を相続できるらしい。お袋には、あんたにやるって言われた。しかたなくおれが固定資産税を毎年払ってる。お袋に毎月送ってる金とは別にね」

「お母さんに仕送りしてるんだ」

「三万円だけね」

「家族とは切れてないんじゃない」

「会いはしないさ」

草介はそう言ったけれど、同性愛者の弟とも、浮気性の母とも今も繋がっていることがわかった。そういう家族関係もありかもしれない。干渉し合いながら無理に一緒に暮らすより、距離を置いて生きるという選択なのだから。結局わたしは、自分の身内だけを基準に、家族というものを考えていたに過ぎない。

「まあ親父が生きていて、だれかにこの土地を売るって話になれば、それまでなんだろうけどね」

「お父さん、どうしてこの土地を買ったのかな?」

「お袋の話では、騙されたんじゃないかって。昔からあっただろ、こういう原野みたいな土地を言葉巧《たく》みに売りつける詐欺《さぎ》。水道も電気も通っていない土地なのに、近い将来路線が延びて駅ができるとかなんとか言われて、そそのかされたんだろ。土地はけっこう広くて、二百坪近くあるかな。でも使い道なんてない。こんな土地にだって、毎年税金がかかるし、いい迷惑なんだ」

「この土地の支払いは？」

「調べたけど、完済されてた」

「もしかしたら、ここに家を建てようと思ってたんじゃない？」

「まさか、なんのために？」

「家族のためにだよ。ここなら犬も飼えるし」

わたしの言葉を聞いて、草介は笑い出した。

「それはいくらなんでも突飛すぎるよ。水道も電気も通っていないこんな辺鄙《へんぴ》な場所でどうやって暮らすんだよ」

「そうだけど、でも、夢だったのかもしれないよ」

「夢？」

草介は吐き捨てるように言い、首を横にふった。

わたしはそれ以上憶測でものを言うのは控えることにした。たしかにこの状態では、家を建てようとはだれも思わないだろう。近くにコンビニなんてあるはずもなく、子供が学校に通うのも難しそうだ。草介が話してくれた、お父さんと一緒に犬を捨てに行った場所のイメージに近い気がした。そういえばここへ来る途中に、一カ所だけ資材置き場として使われている土地があった。使えるとすれば、その程度かもしれない。

「まったく困ったものを残してくれたもんだよ。早いとこ処分できるといいんだけどな」

草介は車から降りもせずに、その場所から立ち去ろうとした。

「待って」

わたしは助手席のドアを開けた。

「どうした？」

「ちょっと見てくる」

外に出たわたしは、あたりを眺めた。そこに草介のお父さんのなにかの痕跡《こんせき》がありはしないかと期待したのだが、同じような土地が続いているだけだった。今は微《かす》かに地面が見える。でも夏になればさらに草丈が伸びて、なにもかも覆い尽くされてしまうはずだ。覚えておこうにも、目印になりそうなものはなにもなかった。

不意に耳鳴りがして、身を屈《かが》めた。背後から轟音が迫ってきたかと思うと、ジャンボジェット機が腹を見せて上空を通り過ぎていく。飛行機との距離がかなり近く、思わず両耳を塞ぎ、地面にしゃがみ込んでしまった。こんなに近くで飛行機の裏側を見るのは、生まれてはじめてだった。空港からかなり近い場所なのだとわかった。

あたりが静まり、草むらに目をやったとき、土地のなかほどにひょろりとした木が生えているのを見つけた。つま先立ちになると、はっきりと存在が確認できた。ハート形をしたその木の葉っぱには見覚えがある。保育園の庭にある桑の木と同じかたちだ。よく見れば、赤い実も生っている。

わたしは大きな声を出した。

「桑《くわ》の木があるよ」

「へえ、そう」

運転席に座ったままの草介は興味を示さなかった。

なかに入ろうにも錆《さ》びた鉄条網が邪魔をしている。

「だれが植えたのかな？」

「最初から生えてたんだろ」

「そうかなぁ」

「さあ、行こう。魚が弱るといけないから」

草介が早口になった。

帰り道、話題を変えて、これから飼いはじめる熱帯魚のグッピーについて熱心に話し合った。なにか新しいことをはじめるときのワクワク感をひさしぶりに覚えた。とはいえ、お互いにグッピーについては、ほとんどなにも知らない。予備知識なしで育てるのは危険な気がしたのか、書店に寄ってグッピーの本を探そうと草介が言い出した。

駅前の小さな本屋には、残念ながらグッピーだけに関する専門書は見当たらず、「はじめての熱帯魚」という本を買うことにした。初心者向きの熱帯魚のなかにグッピーが紹介されていた。

「おい、知ってた？　グッピーってメダカの仲間らしいぞ」

本を開いた草介は興奮気味に話した。

「へえ、そうなんだ。結局わたしたち、メダカを飼うことになったってわけだ。日本のメダカとは、ずいぶんちがう気がするけど」

「ダメじゃん、水草買い忘れてるよ」

草介は悔しそうに舌打ちをした。

子供の頃に生き物を飼うことができなかった草介が、大人になった今、生き物を飼おうとしている。そのことにいったいどんな意味があるのか、あるいはどんな作用があるのか、それはわからない。けれど、そんな体験が、草介によい意味での変化をもたらしてくれることを、わたしは祈っている。とても小さな魚に託して。

もしかしたらわたしは、草介を育てようとしていたのかもしれない。自分の望むような男になるように――。

思わず空を仰いだ

「うん、問題ないよ。水温は二十四度、水温計の緑の帯のところに目盛がきてるから、ベストでしょ。あいかわらず、オスがメスを追いかけまわしてる」

水槽のなかで泳ぐグッピーを眺めながら、おれはケータイですぐりと話した。

すぐりがプレゼントしてくれた二種類のグッピーは、それぞれオスとメスのペア。淡いブルーのスポット柄と、オレンジのモザイク模様。二灯式のライトに照らされ、気持ちよさそうに泳いでいる。人生ではじめて生き物を飼うことになったおれは、気がつけば、水槽の前で三十分以上過ごしていることもある。かなり不思議な気分。

水槽セットを買った店の袋にパンフレットが入っていた。そこには「観賞魚には人を癒す力があります」と書いてある。半信半疑だったけれど、そういう効果もあるのかもしれない。

仕事から部屋に帰れば、まずはグッピーたちの様子を観察。餌をもらえると思ってか、四匹は、はしゃぐように水面近くに集まってくる。まちがいなくおれが見えている。意識せず、「よしよし」などと声をかけている自分がいた。

机を占領した六十センチ水槽は、存在感があり過ぎて、最初のうちは正直邪魔くさく感じた。寝るときには、水を浄化するフィルターの音が気になった。でも、今では魚たちのためと、ふつうに受け入れている。

「話がある」とすぐりに呼び出されたあの日、おれは店の窓際のボックス席ですぐりを待ちながら考えていた。これでおれたちも終わりなのだろうか、と。ケータイで話したときのすぐりの声は、すでに他人のような響きをしていた。

すぐりは約束した時間よりかなり遅れてやって来た。いつものことだ。それでも、近づいて来るすぐりを眺めながら口元がゆるんでしまったのは、自分にとってすぐりは、そういう存在だという証拠にほかならない。

すぐりは普段とはちがっていた。白のブラウスに紺色のスカートで、しっかり化粧までしていた。服装だけでなく、態度も妙にかしこまり、これから面接を受ける就活中の女子大生のようだった。

――やっぱりな。

とおれは思った。

とりあえず食事をすることにして、ジョークを飛ばしてみるも、すぐりは表情をゆるめない。いつもなら自分の注文したサラダをおれにも分けてくれるのに、この日はひとりで食べた。サラダの小エビをフォークで刺す仕草までどこかぎこちなく、窮屈《きゅうくつ》な気分になった。

「それで、話ってなに？」

食後に水を向けると、すぐりは思い詰めた表情で黙り込んだ。

やがてすぐりが話しはじめたのは、ふたりで一緒にいるときにおれが消えてしまうことや、おれが自分の過去を話したがらないことについてだった。すぐりは、自分が傷つき悩んでいると打ち明けた。そして、おれの一連の行動は、すぐりに対するおれの愛情不足が原因だと決めつけた。

おれはある意味ホッとした。なぜならすぐりの導き出したこたえは、まちがっていた。すぐりはかんちがいしている。でも、かんちがいさせる原因をつくったのはおれ自身であり、責任を感じた。

どうすれば誤解を解けるか考えたとき、口を衝《つ》いて出たのは、おれがはじめて消えてしまいたくなった日のことだった。今も車を運転しているとき、ルームミラーで後方を確認する際、ときおり思い出す、あの日のこと。

父親と一緒に犬を森に捨てに行った話は、自《おの》ずと自分の家族について語る呼び水となった。おれは家族の話を続けた。今なら話してもよい気がしたし、話すべきときは今なのかもしれないと思った。なぜならすぐりを失いたくなかったから。

不思議とすぐりに話すことは苦痛ではなかった。おれは自分のなかにとどめていた記憶を吐き出した。すぐりは動揺せず、最後まで静かに話を聞いてくれた。ありがたかった。話してしまった今は、むしろすっきりとさえしている。

おれはすぐりに謝り、もう消えないことを約束した。もし、約束を破ったら、すぐりは許さないとためらいなく言った。おれはその言葉にすぐりの真摯《しんし》な想いを感じることができた。そしておれも、そうあるべきだと思った。うれしくて、すぐりの手を握った。

おれを許すにつけて出されたもうひとつの条件は、すぐりらしいおかしな要求だったけれど、すぐに実行に移すことにした。

ホームセンターのペットショップでおれが最初に飼うべき生き物を選んだ帰り道、失踪した父親の残した土地をすぐりに見せた。自分のした話が本当だということをわかってほしかった。おれは車から降りずに、草に覆われた土地の前に立つすぐりを運転席から見つめた。時間が酒を熟成させるように、おれとすぐりの関係も深まりを見せている。すぐりの言うように、お互いをもっと知り合えば、一緒に同じ夢を描けるのかもしれない。

先週、仕事帰りにホームセンターのペットショップをひとりで訪れ、水草を購入した。アメリカン・スプライトという水生シダの一種で、育てやすく、グッピーを飼う場合には最適だと店員さんに勧められた。生き物を飼うのであれば、きちんと飼いたかった。すぐりのためにも失敗はしたくない。だから、グッピーのために自分ができることは、なるべくするつもりだ。

水草を買ったその日、おれは調理器具売り場に足を向け、すぐりと来たときに偶然見つけたシェーカーをもう一度手にした。銀色に輝く容器は、手によく馴染み、なんとなく自分の手元に置いておきたくなった。

カクテルに関する本は何冊か持っている。実家にあったものを、おれが引き取った。バーテンダーのための専門的な知識が書かれた本もある。今はジンをオレンジジュースとソーダで割って飲んでいるけれど、シェーカーがあれば本格的なカクテルを楽しむことだって可能だ。値段が高く少し迷ったけれど、買うことにした。

その帰り道、近所にある安売りのリカーショップに立ち寄り、カクテルのベースとする酒やジュース、副材料として使うホワイトキュラソーやドライベルモットなどを選んだ。

その夜、カクテルづくりをさっそく試してみた。シェーカーのふり方は見よう見まね。レシピはカクテルの本を参考にした。まずはジンをベースにしたギムレットをつくってみると、まずまずの味に仕上がった。自分でつくれば、甘みなども好みに合わせることができるから、悪くない。

それからというもの、寝る前に自分でつくったカクテルを片手に、水槽の前に座るようになった。色鮮やかな熱帯の魚に惹かれたのは、もしかすると色合いがカクテルに似ていたからかもしれない。失踪した父を捜すため、バーを渡り歩いた頃に覚えたカクテルの味は、いつの間にかおれの舌に染みついていた。

自分の日常が、小さな魚を飼うことや、シェーカーを手に入れることだけで、こんなにも変わるものかと驚いた。毎日の仕事は代わり映えもなく、うんざりすることの連続だったけれど、そんなのはしばらく鼻をつまむようにしてやり過ごせばいい。そう思えるようになったのは、すぐりのおかげだ。

——ここに、すぐりがいてくれたら。

そんなことを思いながら、おれは水槽のなかの世界を眺めた。

「再来週の日曜日、うちに遊びに来なよ」

夜、ケータイで話しているとき、なにげなく、すぐりが言った。

話の脈絡からすれば、いくぶん唐突な申し出と言えた。以前にも、家に来るよう誘われたことは何度かあったが、おれはなにかしら理由をつけて断ってきた。すぐりはさかんに、たいしたことではないふうを装ったけれど、家に上がれば当然すぐりの家族と顔を合わせ挨拶をするわけで、それなりの心の準備というか、覚悟が必要になる。

おれのことを家族に会わせたいというすぐりの気持ちは、素直にうれしかった。そういう段階にきているような気もした。今週末にも会う約束をしていたから、そのときに返事をすることに決めた。

そして日曜日、地元にあるバラ園にすぐりの車で出かけた。ちょうど春咲きのバラが見頃のせいか、入園ゲートの前には人だかりができていた。

「バラ園に行こう」と言い出したのは、すぐりだ。入園料金は大人八百円。花を見るだけでそんなに取られるのかと思ったが、チケットを買って足を踏み入れてみれば、自分の知らない世界がそこにはあった。園内は思いのほか広く、色とりどりのバラが咲き乱れている。世のなかにこんなにもたくさんの種類のバラがあるとは、想像もしなかった。匂い立つバラの香りを風のなかに感じたのは、はじめての経験だ。

バラにはそれぞれプレートが立ててあり、名前のほかに作出国、発表年、簡単な解説が記されている。面白いなと思ったのは、バラの名前の多くに実在した著名人の名前がつけられていることだ。女帝、作曲家、芸術家、詩人、女優、サッカー選手など、さまざまだ。たとえば、「マリー・アントワネット」「チャイコフスキー」「レオナルド・ダ・ヴィンチ」「ピエール・ドゥ・ロンサール」「イングリッド・バーグマン」「ジョージ・ベスト」などなど。おれが気に入った大輪のバラも、そうだった。「ダイアナ・プリンセス・オブ・ウェールズ」。故ダイアナ元英国皇太子妃の名前を授かったバラは、花のかたちがよく、気品があり、とても美しかった。

「わたしは断然、鈴なりに咲く、つるバラが好きだな」とすぐりは言った。

小一時間ほどバラを眺めながら散策してから、小高い丘の上にあるテラスまで歩いた。テラスの奥には売店があり、行列ができている。運よく隅にあるテーブルが空き、白い鋳《い》物《もの》の椅子に二人腰かけ、しばらくバラ園の全景を眺めた。

色とりどりのバラが咲き乱れる庭には、芝生が敷かれ、つるバラを誘引したパーゴラやアーチが立ち、バラの灌木《かんぼく》の茂みを縫《ぬ》うように小径《こみち》が続いている。小径を歩く人々は遠目にも幸せそうに映った。ピンク色のつるバラが降り注ぐように咲いているアーチの前に娘を立たせ、母親が記念撮影をしている。その光景に視線を送る、すぐりの笑顔を見ていたら、おれの口元も自然にゆるんだ。

「ねえ、のどが渇いた」

すぐりが赤い唇をつんととがらせた。

「飲みものでも買ってこようか?」

「いいよ、わたしがいいもの買ってくる」

すぐりは微笑むと席を立った。

「なに買うの?」

声をかけると、「あれ、あれ」と売店のほうを指さした。看板に「バラのソフトクリーム」と書かれていた。

はねるようにしてすぐりが店へ向かった。その姿を見つめながら、すぐりがソフトクリームを買ってもどってきたら、今度の日曜日に、家に遊びに行くと伝えることに決めた。

テーブルに残されたおれは、ぼんやりと庭園を眺めた。初夏を思わせる日差しのなか、たくさんの人が連れ立ってバラを愛《め》でている。多くは年配の女性だが、夫婦や若いカップルもいる。夢中になって花にレンズを向けるアマチュアカメラマンの姿もあった。場所柄なのか子供は少ない気がした。

自分の庭を持ち、バラを育てる余裕のある人が、参考のために訪れるのだろうか。あるいは自分の庭などない人が、それでもバラが好きで、目の保養にと足を運ぶのだろうか。多くの人はバラに対して、強い憧れを持っている気がした。バラという植物も、飼いはじめたグッピーと同じように生き物にはちがいなく、花を育てることも素敵なことのように思えた。

そんなことを考えながらバラの小径を眺めていたら、ある人物に目がとまった。最初は、まさかなと思った。しかし、その後ろ姿には、たしかに見覚えがある。

あれは——。

椅子から腰を浮かせた。

その背中はゆっくりと芝生の広場を横切り、バラの灌木の奥に消えた。傍らに子供を連れているように見えた。

——まさか。

と思いながら、おれは席を離れ、歩き出した。

風景がぐらりと揺れた。

「どうしたの？」

心細げな声がした。

ふり向くと、ソフトクリームを両手に持ったすぐりが店先に立っていた。

どうしていいかわからなくなった。説明している暇はない。

「ごめん！」と言い残し、丘を下った。

「ねえ、待って！」

すぐりの声が追いかけてきた。でも、止まれなかった。この機会を逃したら、もう二度と会えない。その気持ちに勝てなかった。

丘を下り、バラの小径に飛び込んだ。

——絶対にそうだ。

心臓が早鐘を打った。

さっきまで眺めていた芝生の広場にたどり着き、左右を見渡した。あの背中が消えた方向を確認しようとしたが、自分がどの位置にいるのか、よくわからない。バラの灌木が迷路のように続く生け垣のなかで、ケータイで写真を撮っている女性とぶつかりそうになる。「すいません」と声をかけ、前に進んだ。バラの林を抜け、枕木を並べて作った階段を駆け上り、後ろをふり返る。大勢の人たちがいた。咲き乱れる何色ものバラの色のなかに、あの背中を見つけようとしたけれど、できなかった。

どれくらい捜しまわっただろうか。額に汗をかいていた。自分がなにをしにここへ来たのかさえ忘れていた。我に返り、丘の上のテラスにもどると、さっきまで自分が座っていたテーブルには、老夫婦が腰かけていた。あたりを見まわしたが、すぐりの姿はなかった。

どれくらいの時間がたったのかさえ、うまく把握できなかった。十分足らずのような気もしたし、三十分以上たっているようにも思えた。ケータイを片手に、今度はすぐりを捜した。すぐりの番号に何度もかけたが、つながらない。

ここへは車で来たことを思い出し、とりあえずバラ園から出ることにした。係の人に再入場の許しを得て、駐車場へ急いだ。

冷たい汗が、喉仏を通ってみぞおちへと流れた。

そこに停めたはずの焦げ茶色の車は消えていた。

小さく舌打ちしたとき、手のなかのケータイが震えた。すぐりからのメールだ。開いたら、四文字が目のなかに飛び込んできた。

「サヨナラ」

再びすぐりのケータイを鳴らしたが、応答はない。繰り返しかけると、つながらなくなった。おそらく電源を切ったのだろう。思わず空を仰いだ。

駐車場のアスファルトにしゃがみ込んだ。しばらくして制服を着た警備員が近づいてきたので、声をかけられる前に立ち上がり、ふらふらと歩き出した。どうしていいか、わからなかった。しかたなく、もう一度バラ園に入れてもらい、丘の上のテラスに向かい、隅のテーブルにひとりで座った。待っていれば、すぐりがもどってくるかもしれない。そんな都合のよい期待を抱いたわけではない。ほかにどうすることもできなかっただけだ。

ここで見つけたあの背中は、いったいどこへ行ってしまったのか。そう思ったけれど、もう捜しはしなかった。自分にとってなにが大切なのか、それはわかっていた。でも、今日この場所であの背中を見つけたのは、偶然ではないような気がした。すべてはもう終わったことだけれど、自分が引きずっていることでもあった。それは、自分がすぐりに話していないことからも明らかだ。

昼食を食べてないため、腹が減ってきた。やがてその空腹も感じなくなった頃、ぼんやりと、もうこれで終わりなのかもしれないな、と思った。今回だけは立場が逆転して、自分が置いてきぼりを食ったかっこうでもあった。すぐりは、おれが消えるたび、こんなふうにして待っていたのかと想像すると、今さらながらせつなくなった。

バラの庭園が夕日に染まり、人々が家路につきはじめた。おれはずっとこの場所で、すぐりを待っていたかった。そうすることが、今の自分にできる唯一の償いのような気がしたからだ。でもそれは許されるはずもなく、園内に「峠《とうげ》の我が家」のメロディが流れはじめ、売店のシャッターがガラガラと音をたてて閉まった。みんな自分の家へ帰る時間だ。だれもいなくなったテラスの椅子から腰を上げ、ゆっくりと丘を下った。

最後にもう一度駐車場を確認したあと、おれは自分のアパートの部屋までとぼとぼ歩きはじめた。悪いのはおれだ。いつも悪いのはおれなのだ。どうしてこんなことになったのだろう。でも最初から、おれとすぐりの恋は、こうなる運命だった気がした。今日、おれがあの人を見かけたのは、偶然ではなく、すべては細い糸でつながっている気がした。

ひとりの部屋に帰れば、いやでも水槽が目に入った。すぐりがくれたグッピーたちは何事もなかったように泳いでいる。おれの姿に気づき、水面近くに浮かび上がり、餌をねだった。そんな、いつもと変わらない魚たちの姿を見たとき、すぐりを失った悲しみが胸に突き上げてきた。

でも、もういい

あの日、バラ園に行くことにしたのは、理由があった。今から考えれば、少々滑稽《こっけい》で、わたしらしくもある。今はバラが見頃だと教えてくれたのは職場の先輩だ。そのときは、へえそうなんだ、としか思わなかったけれど、「バラ園で食べたバラのソフトクリームがおいしかった」と聞いて俄然《がぜん》行く気になった。バラって、いったいどんな味がするんだろう。考えるだけでわくわくした。

でも、バラ園の売店で買ったバラのソフトクリームは、ひとくちも味わえなかった。両手に持ったまま草介のあとを追いかけようとして、ひとつは地面に落としてダメにした。もうひとつは、鮮やかなバラ色のクリームがとろけだし、右手をデロデロにしたから、思わずバラの茂みに放った。小さな子供に目撃され、「あーあ、もったいない」と指をささされ笑われてしまった。わたしは逃げるようにして、その場を離れた。

丘の上のテラスにはもどらなかった。バラ園から出て、駐車場に停めた車に乗り込んだ。情けない気持ちでいっぱいだった。自分がとてもみじめに感じた。バラのソフトクリームを食べられなかった悔しさが、落ち込んだ感情に追い打ちをかけた。

駐車場は満車状態で、駐車待ちの車が入り口の手前で何台も連なっていた。出るのか出ないのか、警備員がこちらの様子をうかがっている気がして、急《せ》かされるように車のエンジンをかけた。

公道に出ると、すぐに涙が溢れてきて前がよく見えなくなった。一時停車した交差点で青信号に変わったことに気づかず、後ろの車にクラクションを鳴らされてしまう。隣に草介がいたら、きっと怒られていただろう。あるいは後ろの車に怒りをあらわにしたかもしれない。でも、もうそんな心配をすることはない。わたしの隣にあの人が座ることはない。

クラクションを鳴らした車が車間距離を詰めてぴったりついてきた。後ろで煽《あお》るようにするので、急ブレーキをかけてしまいたくなった。ウインカーを出して左に寄ったら、すごいスピードで追い越していった。

――さっさと消えちまえ！

わたしは遠のいて行く車をにらんだ。

――ああ、あの人はだめだ。やっぱりだめな男なんだ。

わたしはハンドルに突っ伏した。

あのとき、草介はなにかを見つけて、走り出したようにも見えた。でも、バラ園でいったいなにを目にしたというのだろう。まるで幻の蝶でも見つけた子供のようなあわてぶりだった。

いずれにしても、わたしを置いて消えたことにはちがいない。

最近は喧嘩もせず、うまくいっていた。生き物を飼うという約束を実行して、少しは変わってきたような気がした。だから、家に遊びに来るように誘った。そのことにどういう意図があるかくらい、さすがにわかるはずだ。それなのに草介はわたしの前から消えてしまった。

今度消えたときは、どんなことがあっても、もう会わない。そう決めていた。だからもう終わりだ。終わりにするしかない。これ以上、無駄な時間は過ごしたくない。

家に帰ったら、おばあちゃんになんて言おうか。加世子さんにだけは、今度の日曜日、彼氏を家に呼ぶかもしれないと言ってしまった。草介と付き合っていることを家族は知っている。とくに加世子さんには、わりと細かい部分まで話している。愚痴を聞いてもらったこともある。それでも加世子さんは、そんな男はやめておけ、とはなぜだか言わなかった。草介を気に入っているようでさえあった。

草介が来るのを喜んでくれた加世子さんには、得意の料理をいくつか作ってもらう相談までした。草介のしたことは、わたしの家族まであざむいたことになる。たぶん草介はウチに来るのがいやで、逃げ出したのだ。

でも、もういい。もう終わったんだ。

不意にケータイが鳴った。

——馬鹿な人だなぁ。

ケータイから鳴り響く草介の着信メロディを聞きながら思った。

何度か途切れては、また鳴った。

自分の気持ちをはっきりさせるために、別れのメールを草介に送ることにした。今までの感謝を表す言葉を添えようかとも思ったが、やめた。「さようなら」と打ち込んだあとで、「サヨナラ」に打ち直すとき、指先が震えた。メールの送信ボタンを押すのに、ためらわなかった。親指を電源スイッチに置き、画面が暗くなるまで長押しした。

ウインカーを右に出して再び走り出した。

また、涙がにじんできた。

もうなにがあっても草介とは会わないと決めた。だから、うじうじと考えるのはやめにした。これからは保育園の仕事に打ち込めばいい。わたしには大事な子供たちがいる。わたしを必要としてくれている人たちがいる。

もしも寂しくなったら、麻美に連絡をとろう。ひとり者同士、おいしいものを食べたり、お酒を飲んだり、カラオケで歌ったりすればいい。それでも時間が余るなら、旅に出よう。なにか新しいことをはじめれば、新たな出会いだってあるかもしれない。

子供の頃から保育士になりたかった。でも、保育士になって最初に抱いたのは、子供を産んで育てたこともない自分が、親から子供を預かることに対する後ろめたさみたいな感情だった。はじめてわたしが担任したクラスの親たちは、わたしより年上ばかり。多くの母親は子育てをしながら働いている。自分より先に社会に出た、いわば先輩たち。実体験を通した親のあり方や責任を知らないわたしには、なにも言えない気がした。わたしのことを、さぞや頼りないと思ったはずだ。

やがて気がついた。自分は保育士ではなく、本当はお母さんになりたかったのかもしれないと。考えてみれば両親は共稼ぎで、わたしは祖母に育てられたとも言える。仕事に追われる母を見ていて、自分はちがう母親になろうと幼心《おさなごころ》に思った。そういう意味では、複雑な家庭で育った草介と、大差ないのかもしれない。完璧な家庭に育ったわけではない。もちろん、完璧な家庭なんて存在しないかもしれない。

家に帰ったら、草介にもらった物や思い出の品をすべて捨ててしまおう。ケータイの電話番号やメールアドレスはさっさと変える。こんなかたちで別れるのは不本意な気もしたけれど、別れようと思ったのは、これがはじめてではない。だからなのか、以前より冷静に受けとめることができた。

とにかく終わらせるしかない。

草介の部屋の水槽で泳ぐグッピーの姿が一瞬目に浮かんだ。

午後一時をまわっていた。気持ちが固まった途端、急にお腹がすいてきた。加世子さんには、帰りは遅くなると言って家を出た。昼食はどこかに寄って済ませることにした。どこへ行こうか。これからは、ひとりで食事をする機会も多くなるはずだ。ひとりに慣れなくてはいけない。ひとりなら贅沢だってできる。でも思いつく店は、どこも草介と行ったことのある店ばかり。しかたなく、草介と出会う前によく行った、郊外にあるショッピングモールを目指した。

日曜日のせいか、一階にあるフードコートは混み合っていた。多くが家族連れだ。テーブルは団体客向けに用意されているせいか、かなり広い。ひとりでテーブルを占領する気にはなれず、結局昔のようにタコ焼きをテイクアウトして、駐車場にもどって車のなかでもそもそと食べた。かなり侘《わび》しかった。

バックミラーを自分のほうに向けて、タコ焼きの青のりが歯についていないか確認してから、ショッピングモールを歩いて時間を潰した。草介にプレゼントするネクタイを選んだ店の前を通り過ぎるとき、出会った頃のいくつかの場面が心をよぎった。――ハゼ釣り、――横浜、――アメ横、――イチゴ狩り。行き当たりばったりのドライブは、思いがけない発見があって楽しかった。でも、いつか今日のことだって遠い思い出になるはずだ。

家に帰ると、父は関西に出張中、母はなにかの会合とかで、まだ帰っていなかった。

「夕食は？」と加世子さんに訊かれたので、「まだだけど、そんなにお腹減ってない」と無理してこたえた。

「じゃあ、さきにお風呂に入りなさい」

その言葉に素直に従った。

湯船に浸かって、置いてきぼりにした草介は今どこでなにをしているだろうと考え、また少し泣いた。

夕飯の食卓で加世子さんと向き合った。「今日はどちらへ？」と訊かれたので、「買い物で疲れた」と不機嫌そうに牽制《けんせい》した。加世子さんがお歯黒になったそら豆をつまみ、「もう終わりね」とつぶやいたので、ドキッとした。そら豆の時季も終わりね、という意味だと気づいて、カツオの刺身に箸をのばした。わたしがあまりしゃべらないせいか、静かな夕餉《ゆうげ》になった。加世子さんは料理を口に運んでは、ゆっくりと咀嚼《そしゃく》を繰り返した。お新香のタクアンを嚙む音が、なんだかわたしを責めているみたいにやけに大きく聞こえた。

食器を重ねて台所に運ぶとき、「今度の日曜日は、やっぱり出かけることにしたから」と言うと、「あら、残念ね」とだけ加世子さんはこたえた。

自分の部屋へもどろうと階段につま先をかけたとき、台所から加世子さんの声がした。

「もうすぐ夏よね。――また、ハゼ釣りにでも行ってらっしゃい」

わたしはこたえられなかった。

きっとひとりでは、ハゼ釣りには行かないだろう。

終わりなんだな

すぐりと連絡を取ろうと何度も試みたが、うまくいかなかった。すぐりはケータイの電話番号もメールアドレスも変えてしまったようだ。感心するくらいの早技だった。

それでもなんとか会えないかと浅知恵をしぼり、おれとすぐりがはじめて出会った田んぼのなかの一本道、タイヤをパンクさせたすぐりを助けた場所で待ち伏せした。朝、そして夕方。でも、あの焦げ茶色の車は現れない。どうやら通勤の経路まで変えたようだ。

ここまで拒絶されると、さすがにへこんだ。

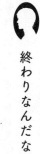

夜、外で食事をひとりで済ませ、部屋へ帰るとカクテルをつくった。「マティーニ」「サイドカー」「トム・コリンズ」「青い珊瑚礁《さんごしょう》」「ダイキリ」「ヨコハマ」。最近、つくるカクテルのレパートリーがかなり増えてきた。

カクテルをつくる上で使う道具も、少しずつ揃えた。酒やジュースの分量を量るメジャー・カップ、材料を混ぜるための柄の長いバー・スプーン、氷を砕くためのアイス・ピック、フローズン・カクテル用のミキサー、それに各種グラス類。ひとりでバーに通い、カクテルを注文してバーテンダーの技を盗んだりもしている。それぐらい、おれは暇になったということだ。

七月に入って急に気温が高くなった日、淡いブルーのスポット柄のペアが突然死んだ。気がつくと水槽の水温が四十度近くになっていた。いくらグッピーが熱帯の魚といえども、高すぎる。寒い時期はヒーターで温め、水温を一定に維持することができるが、逆に暑い時期は冷やさなくてはならないわけで、温度調整が難しい。死んだ魚は、父の土地に葬《ほうむ》った。

残ったオレンジのモザイク模様のペアをなんとか死なせないために、ペットショップで水槽用の冷却ファンを購入した。水面に風を当てて冷やす仕組みだが、これから本格的な夏を迎えるにあたって、西向きのこの部屋でどれだけの効果があるか正直不安が残った。もうひとつの約束も守れなかったと、すぐりに言われたくない。いや、もうなにも言ってはくれないかもしれない――。

夏が終わる頃、おれが担当する契約者から勤務先に連絡が入ったと知らされた。名前は、向井繁《しげる》様。ケーブルテレビ及びインターネットと電話サービスの契約解除の申し入れだった。すぐりの父親の名前だとすぐに気づいた。

おれの働く業界では、地デジ化にともない、ケーブルテレビサービスの競争が激化している。地域密着型を売りにしているが、全国規模の大手の攻勢は激しさを増した。しかし、今回の契約解除は、それだけが原因とは思えなかった。どうやら、すぐりには、とことん嫌われてしまったようだ。

契約の解除を希望された場合、営業担当者は速《すみ》やかに契約者宅を訪れ、機材を回収し、解約の理由についてのアンケートを実施しなければならない。気が重かったけれど、先方の都合を電話で尋ねることにした。

向井家の固定電話に出たのは、年配の女性だった。おそらく、すぐりがよく話していた祖母の加世子さんだと思われる。用件を伝えると、話が通っているようで、日時を指定された。

後輩の営業マンに頼むこともできたけれど、それはしなかった。むしろこの機会を使って、できることならすぐりに謝りたかった。

翌週、契約解除の手続きのために、おれは営業車で向井宅に向かった。何度か近くまで来たことはあったが、家をこの目で見るのははじめてだ。

すぐりが育った木造二階建ての和風家屋は、閑静《かんせい》な住宅街にあった。門柱の脇には素焼きの鉢があり、ブルーと白の花を囲むように、葉柄に特徴のある草が植えてあった。あの日あんなことがなければ、ちがったかたちでこの家を訪れていたのかもしれない。そう思うと複雑な心境になった。

指定されたのは平日の午前十一時。すぐりは保育園で働いている時間だ。それでも会えるかもしれない、という淡い期待を抱きつつ呼び鈴を鳴らした。三回鳴らしても応答がなく、庭のほうにまわってみる。すると、おばあさんが地面にしゃがみこむようにしていた。

「どうしました？」

驚いて声をかけた。

おばあさんの前には、なぜか火鉢があった。

「あらあら」

おばあさんはゆっくり立ち上がり、近づいてきた。古風な感じの小柄な人だ。からだの具合が悪いとか、そういうことではなさそうだ。

「すみませんね、金魚に餌をね」と言われた。

よく見れば地面に半分埋められた火鉢には水が張られ、赤い魚が泳いでいた。

「さくらネットの者ですが」

首から提げた社員証を提示した。

あらためて玄関にまわり、曇りガラスをはめ込んだ格子戸を開ける。こぢんまりとした靴脱ぎのスペースには作り付けの靴箱があり、その上に花が生けてあった。右手すぐに階段があり、暗がりに向かって廊下がまっすぐにのびている。微かに線香のにおいがした。

「テレビのある場所は、どちらでしょうか？」

尋ねると、廊下の左手のドアから広い部屋に通された。

どうやら居間兼食堂のようだ。さっそく機材の位置を確かめ、作業に取りかかることにした。おばあさんは「よろしくお願いしますね」と丁寧にお辞儀をして姿を消した。

部屋には、ヤマハのアップライトピアノと黒革のソファーとテーブルがあった。どれも古めかしく、築三十年以上たっているであろう家になじんでいる。このピアノをすぐりは弾き、このソファーに腰かけ、このテーブルで食事をしているのかと思うと、どうしても仕事の手が止まってしまう。

家族が集まる部屋に、すぐりに関係するものがほかにないか泳がせた視線が、テーブルの上に置かれたある物で止まった。それは覚えのある醤油差しだった。ホームセンターですぐりが買うのを迷い、おれが買うように勧めたことを思い出した。レジで支払いを済ませたすぐりは、やけにうれしそうに笑っていた。

しばらくして、おばあさんが顔を見せたとき、「テレビはこの一台でしたか？」と尋ねた。おばあさんは二階の西側の部屋にもう一台あると、階段の下まで案内してくれた。急な階段は年寄りにはキツイらしく、奥の部屋へもどってしまった。

階段をのぼり、左手にあるドアをノックしたが応答がない。額にかいた汗をハンカチでぬぐった。ゆっくりとドアノブをまわすと、六畳の和室だった。

部屋にはあまり物が置かれていなかった。洋服ダンスとデスクと箱形のテレビ、それに扇風機くらい。カーテンの隙間から木漏れ日が差し込み、飴《あめ》色になった畳の上で葉影が揺れていた。どうやらここがすぐりの部屋らしかった。

きれいに整理された机の上には、真新しい写真立てがあった。手に取ると、すぐりが笑っていた。着物姿のすぐりを、指のさきで撫でた。隣には、見知らぬ若い男が立っていた。

——そういうことなのか。

写真のすぐりを見つめ、写真立てを元の位置にもどした。

テレビに接続された機材、インターネット関連のモデムなどを外し終えたあと、スーツの胸ポケットに忍ばせておいた封筒を机に置いた。個人的な手紙だったので、すぐりが会社に通報すれば、公私混同の行為と見なされ、まちがいなくおれは危うい立場に立たされることになる。でも、それならそれでよかった。

貸与していた機材をすべて回収し、おばあさんに声をかけ、作業終了のサインとアンケートをお願いした。

再び居間に通され、「お茶をどうぞ」と言われた。

書類にサインをもらい、アンケートの調査書を手渡したところ、年寄りだからよくわからないとのことだった。アンケートの無理強い《むりじ》はできないため、解約の理由だけ聞かせてほしいと頼んだところ、「よそへ行くんです」と言われた。

「引っ越されるんですか？」

　思わず声が大きくなった。

「ええ、息子が大阪に転勤になりましてね。嫁はこの家に残るって言うんですけど、わたしもこの年でしょ。嫁と姑《しゅうとめ》のふたりで暮らすというのもねぇ。だから施設に入ることにしたんです。嫁はパソコンはやらないし、テレビのアンテナを立てるとかって話らしいですよ。ごめんなさいね」

「失礼ですけど、お孫さんは？」

「ひとりおります。でも、その子も家を出るんです」

「──そうなんですか」

　おれは熱い緑茶をすすると尋ねた。「ご結婚とかですか？」

「それなら大喜びなんですけどね。ひとり暮らしがしたいらしいのよ」

　おばあさんは、穏やかに微笑んだ。

　曖昧にうなずくしかなかった。

「それでは、長いあいだ当社のサービスをご利用いただきまして、ありがとうございました。また、ご縁がありましたら、どうぞよろしくお願いします。すっかりお昼時になってしまい、申しわけありませんでした」

おれは席を立ち、玄関に向かおうとした。

「いつぞやはね、うちの孫がおたくの会社の方に助けていただいたそうで、こちらこそありがとうございました」

背中で聞いたおばあさんの言葉にどきりとした。

玄関で靴を履こうとしたとき、新聞紙の包みを差し出された。

「若い人のお口に合うかわからないけど、ご飯にかけてみてくださいな」

そう言っておばあさんは、口をとがらせるようにして笑った。その笑い方が、すぐりを思い出させ、おれは唇の端に力を込めた。

「それじゃあね」

やさしい声が聞こえた。

「ありがとうございます。おばあさんも、お元気で――」

おれは目を合わせないようにして頭を下げ、逃げるように家の外に出た。

通りに駐車した営業車にもどり、すぐにエンジンをかけて車を走らせた。バックミラーをのぞくと、道路に出てきたおばあさんが深々とお辞儀している姿が見えた。おれの正体を見破っている気がして、鼻の奥が熱くなった。本当にこれで終わりなんだな、と思った。

――さようなら、すぐり。幸せになれよ。

おれには祈るしか手立てがなかった。

仕事を終え、家に帰って新聞紙の包みを開いたら、プラスチックの密閉容器が出てきた。なかには、紫色をした細かい粉のようなものが入っていた。「ご飯にかけてみて」と言っていたので、ふりかけのようなものだろうか。

指先に付けてなめてみると、ほんのり酸っぱく、どこか懐かしい味がした。

ひさしぶりに家でご飯を炊き、紫色の粉をふりかけて食べてみた。白飯にじつによく合う。今日のことをふり返り、すぐりのことを思い出すと、おれは急に胸が詰まって、思わず白飯を口いっぱいにほおばった。

もう一度、すぐりの声を聞きたかった。

耳元でやさしく、鳩の鳴き真似をしてほしかった。

後日、紫色の粉は、昔ながらのふりかけであることを知った。梅干しをつくるときのいわば副産物のようなものらしい。梅干しを赤く染め、また味をよくするために一緒に赤紫蘇を漬ける。その梅干しと一緒に漬けた赤紫蘇を一枚一枚広げて天日干しにし、よく乾燥させたものを、今度はすりこぎで粉々になるまで砕く。素朴だが、とても手のかかる貴重なものだ。すぐりも、このふりかけと同じように、手間ひまをかけて育てられたにちがいない。少しずつ大切に使わせてもらうことにした。

ただ、こんなふうにも思えた

さくらネットの人間が家を訪れた日、保育園から急いで帰り、自分の部屋に入った。テレビに接続されていた黒い箱のような物がなくなっていた。なにか異変がないか調べると、机の上に白い封筒が置いてあった。表には、「すぐり様」と書かれ、裏返すと、「高萩草介」という文字が目に飛び込んできた。

――あの人がこの部屋に来たんだ。

さっきまでいたんだ、と思うと、なぜか胸が締めつけられた。

手紙は読まずに破り捨てることも考えた。しかしその日、草介が来ることを、わたしはどこかで予感してもいた。草介が来ることを想定し、部屋を整理したし、玄関には寄せ植えの鉢まで用意した。そして、大人気ない小細工《こざいく》まで施《ほどこ》した。

草介は机の上の写真立てに気づいたはずだ。何年か前の正月に撮った、わたしといとこの隆志《たかし》君の写真。わざと今日だけ写真立てに入れて飾っておいた。わたしが新しい恋人と幸せに暮らしていると見せかけるために。

草介の手紙は、今でも持っている。ときどき読み返しては、ふたりが別れることになったあの日のことを思い出す。

前略、すぐり様

おひさしぶりです。

その節は、とても不快な思いをさせ、大変申しわけありませんでした。

こんなかたちであなたの家を訪れ、手紙を置いてくることもまた失礼なことなのですが、どうぞお許しください。

あれから、長い時間がたちました。あの日のことをふり返るたびに、自分の愚《おろ》かさに、ただただ呆れるばかりです。

このまま別れることをあなたは望んでおられるようなので、もうしつこく連絡をとることはしません。なんと言っても、悪いのはこの僕なのですから。僕は約束を破り、あなたは約束を守った。そういうことだと思っています。

先日、保育園の園庭で働いているあなたの姿を見かけました。見かけた、というのは本当は嘘で、車で通りかかるふりをして、見にいったわけですが。あなたは、じつに楽しそうに子供たちと一緒に笑っていました。その姿を見たとき、子供が大好きなことがすごく伝わってきました。それと同時に、自分にはあなたと一緒に生きる資格など、元々なかったことをあらためて痛感した次第です。

ただ、あの日、僕が消えた理由だけは、伝えておこうと思います。今更こんなことを書いてもはじまらないわけですが、それはあなたが知りたがっていたことでもあるので、お知らせしておこうと思います。じつはまだ、僕はあなたに隠していたことがあったのです。それを知れば、別れてよかったと、さらに確信を持つかもしれません。

あの日、バラ園の売店からあなたが帰ってきたら、次の週末家に遊びに行きたいと返事をするつもりでした。嘘ではありません。それなのに、僕がバラ園であなたの前から消えたのは、偶然ある人を見つけてしまったからです。どうしてそんなタイミングで見つけることになったのか、今でも不思議です。たぶんそのこと自体が運命だったように今は思います。

僕が偶然見つけたのは、以前交際していた女性です。彼女と知り合ったのは、大学時代。僕より三つ年上で、アルバイト先の正社員でした。アルバイトをやめる日に、彼女の車に乗せてもらったのをきっかけに、急速に親密になりました。そんなふうに人を好きになったのは、はじめての経験でした。

しかし、付き合いはじめてしばらくして、思いがけないことを彼女から知らされました。彼女は、自分は妊娠していると言うのです。それを知った僕はとうぜん驚きました。一瞬、罠《わな》にはめられたのかと思ったくらいです。でも、そうではありませんでした。彼女からは、あなたの子ではないから心配するな、という意味のことを言われました。それじゃあだれの子なのかと尋ねたところ、彼女は忘れたいのでその話はしたくない、とこたえました。

そのまま連絡をしなければ、それで終わっていたような気がします。そうすることが、あるいは賢明だったのかもしれません。でも僕は、その後も彼女と会いました。当然、お腹の子のことが気になりました。

あるとき、喫茶店でその話を持ち出すと、「子供は堕《お》ろすことに決めた」と彼女に言われました。僕はそのとき、正直に言えばうれしかった。彼女が産むことを望まないのであれば、そうするべきだと思ったのです。そして、子供さえいなくなれば、僕らは幸せになれると考えたのです。だから、深い事情は訊かないことにしました。

「旅行に行こう」と彼女に誘われたのは、その直後のことです。ふたりで車に乗り、あてもなく走りました。しかし、その旅の目的がなんなのかは、わかっていました。僕と彼女は車を走らせ、モーテルに泊まりながら、子供を堕ろすための病院を探したのです。

ある土地の産婦人科で診察を終えた彼女が、近くに駐車した車にもどってくると、僕に「同意書」というものを手渡しました。その書類には、すでに彼女本人の名前と緊急連絡先の電話番号が記入されていました。配偶者という欄だけが空欄になっていました。書類は、人工妊娠中絶を行うことに同意し、当該手術による以後の経過について苦情をいっさい申しません、という内容でした。

もちろん自分は、配偶者ではありません。しかし、僕が彼女と肉体的な関係を持っていたのも事実です。そして、それがこの旅に同行した自分の役割だということは、最初からわかっていたのです。

僕は文房具店を探して、ありきたりな苗字の三文判を購入し、偽名を使い、書類に署名捺印《なついん》しました。彼女はそれを受け取るとちいさく「ありがとう」とつぶやきました。それから、今後のことは自分でできるから、明日の朝、電車で帰るよう僕に言いました。僕は付き添うと言ったのですが、その必要はないと、きっぱり拒絶されました。

次の日の朝、僕は彼女と駅で別れました。「必ず連絡する」と約束して、彼女は僕に背中を向けました。その背中を見つめながら、もう会えないような気がしたのをよく覚えています。

彼女からの連絡は、その後ありませんでした。何度かこちらから連絡をとろうかと思いましたが、実行には移しませんでした。彼女が僕に会いたいという気持ちがないのなら、それを望むべきではない。そう思ったからです。

ときどき、もしかすると手術が失敗して、彼女はそのまま亡くなってしまったのではないか、と思うことがありました。あるいは、あの日、彼女は病院へは向かわずに、自殺でもしてしまったのではないかと考えたり……。でも、最近になって、別の考えも浮かびました。あの日、彼女は病院へは行かず、どこかの街で子供を産み、幸せに暮らしているのではないかと。もちろん、これは勝手な想像にすぎません。すべては、もう終わったことなのです。

彼女と会わなくなってから、すでに五年以上がたっています。懐かしさのあまり、彼女を追いかけたわけですが、結局見失ってしまいました。単なる人違いだったのかもしれません。

今、考えてみれば、僕は彼女がどこで生まれ、どのように育ったのかまったく知りませんでした。そんなふうに人を好きになってきたので、あなたにも迷惑をかける結果になった気がします。自分はとても無責任で勝手な人間なのです。

あなたとの時間はとても楽しかった。もっと早く、僕は自分の過去をあなたに伝えるべきだったようです。そうすれば、こんなに辛い別れ方をしなくてすんだのかもしれません。あなたが判断したように、僕はあなたにふさわしい男ではありません。そのことを隠し続けることは、きっとできなかった気がします。

どうか、幸せに暮らしてください。

僕はあなたと出会い、同じ時間を過ごしたことをいつまでも忘れません。

追伸
あなたからプレゼントされたグッピーは、残念ながら三匹が死んでしまいました。先日、一匹だけ生き残ったグッピーのメスが、子供を産みました。母親ともども、十六匹の子供たちは、今のところ元気です。

高萩草介

この手紙を読むたびに、草介との実らなかった恋について考える。あんなに素敵な出会いは、わたしにはもう訪れない気がする。運命のようにさえ思えたのに。

わたしは草介のことが好きだった。でも、最後まで、彼のことがわからなかった。心を閉じているあの人と一緒にいると、わたしはどこかで孤独を感じていた。どうして自分の過去や悩みを一緒に共有して生きていこうとしないのか。消えてしまいたくなることがあるなら、なぜわたしも一緒に連れて逃げてくれないのか、そう思っていた。

それでも草介を理解しようと自分なりに努力したつもりだった。草介は語りたがらなかった生い立ちや家族について話しはじめた。でも、この手紙が審《つまび》らかにするように、結局わたしは草介のことを知り得なかった。

ただ、こんなふうにも思えた。わたしは、自分の理解の及ばない者を愛することができない未熟な人間なのだ。草介は、たとえすべてを理解できなくても、その人と一緒に寄り添うことができる人なのだと。

今のわたしは、あの頃自分が描いた未来とはちがう場所に立っている。あの頃、草介はどんな未来を描いていたのだろう。

窓の外には、ナナカマドの赤い実が揺れていた。

その実を小鳥がついばんでいる。

草介はこの夏、ハゼ釣りに行っただろうか――。

まだ迷いがある

おれがアパートの部屋を引き払い、実家にもどることにした理由はいくつかある。酒の飲み過ぎがたたって体調を崩した母に、店を手伝ってくれと泣きつかれたことも、そのひとつだ。でも最大の理由は、おれが生まれてはじめて飼った生き物のせいだ。ある意味では、それをおれに飼うように仕向けた、すぐりのせいとも言えた。

いつものように出勤しようとした朝のこと、とうとう一匹だけになった、オレンジのモザイク模様のグッピーの様子がおかしかった。体調が四センチほどに育ったメスは、まるまる太っていたものの、最近やけに元気がなく、水槽の底に沈んでいたり、フィルターの陰でじっとしていることが多かった。餌もあまり食べない。この日の朝も、水草の奥で水面にうつろな顔を向け、口をパクパクさせていた。

心配だったので、コーヒーを飲みながらしばらく様子を見ていた。六十センチ水槽に一匹だけだから、水質が急激に悪くなったとは考えにくい。水質に敏感と言われる水草のアメリカン・スプライトも黄緑色の新芽が何本も伸びていた。水温計の目盛も適温を示していた。

　もしかすると、こいつはおれと同じようにひとりになって寂しいのだろうか。そんなことを考えながら眺めていたら、グッピーは心なしか苦しそうに小刻みにからだを震わせた。すると、お尻のあたりから、ポロンとなにかが落ちたような気がした。目をこらすと、透明なまるい小さなかたまりが、水に溶けるようにひろがり、そして、泳いだ。

「えっ!」

　思わず声が出た。

　それは、まぎれもなくグッピーの赤ちゃんだった。

　メスは、伸び上がるような姿勢をとり、続けて子供を産んだ。ポロン、ポロンと、まるで涙をこぼすように。

　生きているものが、生きているものをこの世に送りだす瞬間をはじめて目の当たりにした。グッピーは卵胎生のメダカであり、メスの体内で孵化《ふか》した稚魚を産むことは本を読んで知っていた。でも実際に肉眼で見たとき、言いようのない感激に包まれた。よく見れば、水草の葉陰に、ほかにも稚魚のきょうだいが泳いでいる。気づかぬうちに出産がはじまっていたのだ。

　おれはグッピーの産卵を応援するように見守った。おかげで会社に遅刻した。

　出社後もグッピーのことが気になった。外まわりの途中にホームセンターのペットショップに立ち寄り、店員さんにグッピーが子供を産んだことを興奮気味に話した。店員さんは稚魚の育て方を親切に教えてくれた。そのアドバイスに従い、稚魚を育てる飼育ケースと稚魚用の餌を買い求めた。

その後、子供たちはすくすくと育った。三週間ほどで成魚用の餌が食べられるまでになり、やがてオスとメスとが識別できるようになった。オスは美しい尾ひれが次第に大きくなり、尾の付け根のゴノポジウムと呼ばれる生殖器官が発達してきた。メスは腹のあたりがふっくらとまるみを帯びてきた。かと思えば、まだ小さいくせに、オスがメスを追いかけはじめた。ときには、メスの前で電気にしびれたようなダンスを披露《ひろう》し、気を引くそぶりまで見せるようになった。

生き残ったメス——おれはオレンジ・ママと名付けた——は、最初の出産で十六匹の赤ちゃんを産んだ。からだの大きくなった二度目の出産では、なんと倍以上の三十四匹を産んだ。その後、成長した子供たちも、また子供を産んだ。グッピーの数が増えるたびに、おれは小型の水槽を買い足したので、部屋にある水槽の数がとうとう五槽になってしまった。まさにうれしい悲鳴を上げた。

おれの部屋は、さながら水産試験場のようだ。増えすぎたグッピーはペットショップの店員さんに引き取ると言われたが、最後まで自分で面倒をみる気持ちは揺るがなかった。

母が体調を崩したと聞いたのは、その頃だ。グッピーにとってもおれにとっても、よりよい環境を求めて、実家にもどることに決めた。いくつもの水槽と魚たちを家に運び入れるおれを、母は呆れ顔で見たが、文句は言わせなかった。

今では店に九十センチ水槽を用意し、流木を沈め、水草を植え、ちょっとしたアクアリウムとして、おれが育てたグッピーたちをお客さんにも楽しんでもらっている。お袋とはお互い干渉し合うこともなく、今のところうまくいっている。

会社に勤めながら、週に三日だけ、おれは店のカウンターに入った。ある日、酔っ払った客が、焼酎やウイスキーではなく、たまには別の酒が飲みたいと言い出した。カクテルの話題になると、このあたりにはそういうバーがないと嘆いた。おれは「お口に合うかどうかわかりませんが」と断った上で、客が飲みたいというカクテルをつくってやった。おれがシェーカーをふってみせると、店の客たちはびっくりしていたが、それ以上に母が驚いていた。おれがつくったカクテルに客は金を払ってくれた。

少し前、「あんたが来てから客筋が変わった」と母に言われた。それは褒め言葉として受け取ることにした。おれは見習いバーテンダーとして店に立つようになった。口コミで広まったのか、店にカクテルを飲みに来る客が集まりだした。

バーの仕事については、最初は独学だったけれど、春から東京にあるバー開業者向けの夜間学校に通いはじめた。

先日、母と話し合い、店の方針としてカラオケは止めることにした。カラオケの賃貸料《ちんたい》金は馬鹿にならないし、歌っているのは母ばかりだったからだ。乗りのよい店ではなく、静かに酒を楽しむ店にしたいと、おれは考えている。最近めっきり老け込んだ母には、「稼いでくれるなら、文句はない」と言われた。暇を見つけては、店内改装をコツコツと進めている。

先日、弟からおれ宛に誕生日メールが届いた。「元気でやってるか?」と返信すると、「お母さんをよろしくお願いします」と返ってきた。おれが家にもどり、店を手伝っているのをなぜだか知っていた。どうやらお袋と通じているらしい。

その日は、店の客までが、おれの誕生日を祝ってくれた。母からは「たまには息抜きに釣りにでも行ってこい」と言われた。

そういえば、おれに釣りを教えてくれたのは、失踪した父だった。ハゼ釣りに連れて行き、竿のふり方や餌の付け方を教えてくれた。そんなことを最近ふと思い出した。

日曜日になると、安く手に入れた中古の軽トラックに乗り、おれは父が残した土地へひとりで向かう。車を軽トラックにしたのは、ふたりしか乗れないけれど、たくさん荷物を積めるからだ。

去年の秋、ホームセンターで草刈り機を買った。ガソリンで動く4サイクルエンジンの本格的な機種だ。そいつを軽トラックに積んで、父の土地へ行き、生い茂った草を刈り込む作業をした。なぜそんなことをはじめたのかといえば、なにもせず税金だけ払っているのが馬鹿らしくなったからだ。それにグッピーを飼うだけでなく、ほかにもなにかはじめたかった。

草を刈った日のことは、よく覚えている。道路に押し寄せるように迫りくる、背の高いセイタカアワダチソウの黄色い軍勢に、ひとりで立ち向かった。だれの手も借りなかったのは、自分が望んだことでもあった。両手でハンドルを握り、回転する銀色の刃をふるようにして進んだ。草刈り機の唸《うな》る音が、鼓膜を震わせた。近くにはだれも住んでいないので、騒音を気にする必要はなかった。ときおり頭上を飛んでいくジェット機のほうが、よっぽどやかましかった。そのとき、この見捨てられた土地なら、だれにも干渉されずに好きなことができると気づいた。

長く伸びた草を刈り込んでいくと、まんなかあたりに木が生えていた。草刈り機の円盤の刃を向けたとき、ハンドルを握りしめた手を止めた。すぐりと一緒にここへ来たときのことが脳裏《のうり》をよぎった。車から降りたすぐりは、「桑の木があるよ」と、背伸びをするようにして教えてくれた。

――この木だろうか。

瘦せているくせに自由奔放に枝葉をのばし、なんとも収まりの悪いかっこうをしている。

おれは草刈り機のエンジンを止めて、休憩をとることにした。刈り取った草に腰を下ろし、水筒の冷たい水を口に含んだ。風が吹くと、切り刻まれた草の青いにおいがした。

——断ち切るのか、断ち切らないのか。

おれはこたえを急ぐのはやめて、場所を移動することにした。まだ迷いがある。すぐりとの思い出を失いたくなかった。

今こうなってみてはじめて、なぜ自分がすぐりの前から消えたりしたのか、わかった気がした。そして、その理由は、もしかすると父が消えた理由にあんがい近いのかもしれないとさえ思えてきた。

おれは父に置き去りにされた日から、消えたいという願望をどこかで抱き続けていた。それなのに消えるのはおれではなく、いつもだれかがおれの前から消えた。父、弟、母、そして美嘉もそうだった。おれは、いつもだれかを追いかける側にまわらなくてはならなかった。おれには、言ってみれば消える相手がいなかったのだ。

すぐりに出会えて、はじめて消えることのできる相手を見つけた。おれが消えることによって追いかけてくれる人ができた。おれはすぐりを困らせ、気を引きたかったのだと思う。おれを愛してくれているか、たしかめたかった。そんな愛情表現しかできない愚か者だったわけだ。

汗を拭いた手ぬぐいを頭に巻き付け、草刈り機のエンジンを再始動させる。奥へ向かって草を刈り込んでいく。すると不思議なことに、ほかにも何本か木が生えていた。同じようにそいつらには手をつけなかった。

夕暮れ前に作業を終え、あらためて土地を眺めた。すっかり見ちがえた。見通しがよくなり、こざっぱりとした。そこに木だけが何本か生えている姿は、どこか間抜けな感じがした。

次の週末、土地に張り巡らされた、錆びた鉄条網を取り外した。残った支柱を活かして、フェンスをつくることにした。柵板のかたちは平凡な長方形になってしまったが、カントリーふうのゲートをまんなかに取り付けた。

ただの草茫々《ぼうぼう》の土地が、自分の手で変わっていく。やりはじめると妙に楽しくなってきた。後日、フェンスとゲートに白いペンキを塗ったら、かなり見栄《みば》えがよくなった。

調子に乗って今度は安いレンガを大量に買い込んだ。さっそくＤＩＹの本を読み、地面を鍬《くわ》で掘り、平らに均《なら》してレンガの小径を通した。枕木にレンガをあしらって、花壇もつくってみた。そんなふうにして、少しずつ土地に手を加えていった。

作業が一段落してから、敷地のなかに生えている木の葉っぱを採取した。図書館の図鑑で調べてみたところ、まんなかに生えているのが、やはり桑の木だった。南側の藪《やぶ》のなかに二本並んで隠れていたのはオリーブ。そのほかの木は、どれも葉のかたちが似通っていたから、柑橘《かんきつ》系の木にまちがいなかった。そのうち一本は、小さな紡錘《ぼうすい》形の青い実が生《な》っていたので、檸檬《れもん》だとわかった。

それらの木が自然に生えたとは、到底考えにくい。だれかが植えたのだ。それは失踪した父の仕業《しわざ》のような気がした。

――いったいなんのために？

すぐりは、おれの父は、この土地に家を建てるつもりだったのではないか、と言っていた。けれど、それは現実的ではない。ここには水道も電気も通っていない。父はこの土地を売るつもりだったはずだ。

でも、それが難しいとわかったとき、ここに木を植えたのではなかろうか。この土地で育てた果樹から果実を収穫し、カクテルの材料として使うつもりだったような気がする。もしかすると、ほかにも果樹があったのかもしれない。それが父にとってのささやかな夢だったような気がした。

親子だからだろうか。じつはおれもこの土地に木を植えるつもりだった。でもそれは、ここにある種類のものとはべつなものだ。うまく木が育ったら、その木に生るとびっきり酸っぱい実を使って、カクテルを創作してみようと企んでいる。今までにない、おれのオリジナルのカクテルにしたい。

週末の夕方、時間を見つけては、軽トラックに水をくんだタンクを載せて、父の残した土地に出かけた。土地を耕《たがや》し、肥料を加え、新しい木を植え、水をやった。冬になると、木が風邪《かぜ》をひくといけないので、木の根のまわりを乾燥した草や木の枝で覆った。少しずつだけれど、木は育っていった。自分が、こんなふうになにかを育てることに喜びを感じることが、どこか奇妙で、照れくさくもあった。

どれくらい、そこにいただろうか

今日、成田にある老人ホームまで、加世子さんに会いに行った。日曜日だというのに、ホームの駐車場はがらがら。玄関ホールはひっそりとしていて、平日となにも変わらない。受付の横に設置された噴霧式の消毒器に両手をかざし、二階の個室へ向かった。

わたしは、ひとり暮らしにようやく慣れてきた。といっても、住んでいる場所は実家から車で二十分足らずなので、週末にはよく家に帰るし、週に一度はここへ顔を出す。加世子さんの生活は今のところ快適らしく、友だちもでき、顔色もよかった。

施設に入る、と加世子さんが自分から言ったときは、正直ショックだった。どうして自分から家族と離れて暮らすなどと言い出すのかわからず、悲しくなった。でも、わたしには、家族というものが見えていなかったのかもしれない。

父の単身赴任が決まり、わたしが家を出ると宣言したとき、おそらく加世子さんの腹は決まったのだ。表面的には、加世子さんは母とうまくやっていた。でも、本音の部分では、いろいろとあったのだと思う。加世子さんはあの家で家事や子育てのかなりの部分を担《にな》ってきた。母は自分の仕事で精一杯で、そういうことに気づいていなかった。

今回、母が父と一緒に大阪へ行かないことに対して、加世子さんは抗議の意味を込めて、家を出るという行動に出たような気がする。この先、母とふたりで暮らすことを拒んだのだ。

加世子さんの部屋は、ほどよく冷房が効いていた。喉が渇き、冷蔵庫から冷えた麦茶を勝手に出してご馳走になった。加世子さんはテーブルの向こうにちんまりと座り、静かに笑っている。

最近の家族の動向などを伝えたあと、園児の保護者から持ちかけられている、お見合いの話をした。断るつもりだったのに、写真と書類を半ば強引に手渡されて困っている。写真を見る限りでは、感じのよさそうな男性だった。身上書に書かれた学歴や職業、趣味、健康状態に文句はない。家族のプロフィールについては、とても詳しく書かれていた。

でも、そこに書かれていない多くのものが、だれにせよあるのだということを、わたしは知っている。

「あんたの好きなようにすればいいさ」

加世子さんは言った。

――そうだよね。

という意味を込めて見ると、「先のことはだれにもわからない。そのとき、本当に好きになった人と一緒になるのが一番いいのよ」と言われた。

わたしは今更ながら、付き合っていた高萩草介と別れたことを打ち明けた。離ればなれになった家族は、成就《じょうじゅ》しなかったわたしの恋について触れようとしなかった。

すると、「そんなこと知ってたわよ」と笑われてしまった。

「感じのいい人だったけどね」

加世子さんが言ったので、思わず「えっ？」と訊き返した。

「やだよ、ボケてなんかいないわよ。だって、あんたの元カレと、話をしたことあるもの」

思わせぶりに、加世子さんは唇をとがらせた。

「それっていつの話？」

「あの人なんだろ。ほら、テレビやらインターネットをやめるときに、うちに来た人」

「おばあちゃん、気づいてたんだ」

「それくらいわかるわよ」と、また笑われた。

「話したって、なにを話したの？」

「たいしたことじゃないよ。やめる理由を訊かれたから、うちの家庭の事情をかいつまんで話した。心配そうにしてたよ。最後に、わたしに『お元気で』って言ってくれたさ」

その話を聞いて、言葉が出なかった。

あの日、草介がわたしの机の上に手紙を置いていったことは、加世子さんは知らないようだった。その手紙を読んで、わたしの心が大きく揺れたことも……。

加世子さんは、別れ際に諭《さと》すように言った。

「もう毎週ここへ来るのはおよし。あんたは、あんたの人生を生きなくちゃね」


去年の終わりのことだ。ホームセンターに勤める麻美からおかしな電話がかかってきた。麻美には、草介と破局を迎えたことは、すでに伝えてあった。ふたりで何度か飲みに行ったり、カラオケで歌いまくったりした。麻美はどういうわけかアキオ君と復活したので、声を聞くのはひさしぶりだった。

「すぐり、最近なにか変わったことない？」

麻美が心配そうな声を出すので、「どうしたの？」と訊き返した。

するとめずらしく口ごもった。

「また、彼氏が浮気でもやらかした？」

「ちがうよ」

不機嫌そうにこたえ、「最近、店で見かけるんだよね。すぐりの元カレを」と言った。

黙っていると、「こないだの日曜日も来たよ」と付け加えた。

「でも、もう関係ないから」

「そうだよね、別れたまんまだよね」

麻美は安心したような声色になった。

麻美の話によれば、草介は週末に店のガーデニング・コーナーに来ては、なにかしら買っていくらしい。たとえば、資材売り場の赤レンガや枕木やアイアンのアーチ、植物なども熱心に選んでいるという。

「あの人、そういう人だったっけ?」

わたしは首をかしげ、「ちょっとちがうと思うけど」とこたえた。

「あの男、腹が立つことに、わたしにまったく気づいてないの。これは同僚から聞いた話だけど、こないだなんて、同じ苗木をあるだけ台車に載っけてレジに運んできたらしい。十八本もあったって。そんなに人気のある苗木でもないし、なんなんだろうねって噂になってさ。あいつ、ちょっとかっこいいから、店の子も気になるらしくてさ」

「それって、そんなにおかしいことなのかな?」

わたしにはよくわからず、訊いてみた。

「いや、お客さんだからね、もちろんそういう大人買いっていうのは、すごくありがたいんだけどさ」

そんなわけのわからない話だった。

そのあと、短大時代の友人に話が移った。ブライダルプロデューサーとして活躍する早紀は、付き合っていた三つ年上の広告代理店に勤めている彼氏と別れた。なんでも年収は高いくせに、デートのときはいつも割り勘で、経費で落とせない自前の外食などにはお金を使いたがらなかったそうだ。「あれは倹約家ではなく、ドケチだよ」と早紀は言っていたらしい。

「それから、離婚の危機とか言って、来なかった枝理の話聞いた?」

麻美は呆れたような声を出した。

「遂にダンナがフィリピーナとできちゃったとか」

わたしはふざけて言った。

「できたのは、赤ちゃん。オメデタだって」

「ほんとに?」

「早紀から聞いた。人生、わかんないもんだよね」

麻美の言葉に、わたしはうなずくしかなかった。

加世子さんと別れ、施設の駐車場を出たときには、午後四時をまわっていた。でも、太陽はまだ西の空の高い位置にある。ふと、あの場所のことを思い出した。ここからそれほど遠くはない。

施設を出発したわたしは、記憶をたどって車を走らせた。なにをやってるんだろうと思いつつ。

やがて見覚えのある未舗装道路に出た。左手には雑木林、右手に夏草が地面を覆い隠した土地が続く。こんな感じだったような気がした。クーラーを止めて窓を開け、風を入れた。音程の異なる蟬の輪唱が耳に心地よかった。前後に人も車の姿もなく、スピードを落として周囲を眺めながら走った。

不意に地鳴りのような音がしたかと思えば、フロントガラスのてっぺんを、ジェット機が下腹をみせるようにして通過していった。その轟音はからだが覚えていた。前に来たときは、鉄条網の向こうの草丈はもっと低かった気がした。そのほかは、まるで時間が止まっているように変わっていなかった。

そういえば、あの場所には木が生えていたっけ。保育園の庭にもある、ひょろりとした桑の木。でも、記憶にとどめたその木は、なかなか視界に現れてくれなかった。

そろそろ引き返そうかと思った矢先のことだ。とつぜん車の前を白い影が横切った。咄嗟にハンドルを左に切ったら、フロントガラスに緑が飛び込んできた。車は雑木林に突っ込んでエンジンが止まった。ハンドルにしがみつくようにしてバックミラーをのぞくと、白い犬がなにごともなかったようにトコトコと道路の先へと走り去った。

「馬鹿犬めっ！」

思わず悪態をついた。

大きくため息を漏らし、気持ちを落ち着かせた。恐る恐るエンジンキーをまわしたら、運よく一発でかかった。車はやや傾いたままだったけれど、ギヤを「R」に入れてアクセルを踏む。が、動かない。タイヤがなにかに擦れるような音がするばかりで、雑木林から抜け出すことはできなかった。

しかたなくドアを開けて外に出た。目の前に蜘蛛《くも》の巣。悲鳴を上げたが、蝉の鳴き声にかき消されてしまった。

道路と雑木林のあいだには段差があり、車の前輪が浮くようにして止まっていた。

「なんでこんな目に遭わなきゃならないの！」

声に出して地団駄を踏んだ。

なんとか自力で草藪から抜け出したが、泣きたくなった。

太陽の位置は、さっきよりかなり西に傾いている。愚痴をこぼしている場合じゃない。助けを呼ぼうと思ったけれど、そんな相手は思いつかない。タイヤをパンクさせたときと同じだ。自分の進歩のなさに愕然《がくぜん》とした。

でも、ぐずぐずしている暇はない。もうすぐ日が落ちてしまう。車のことは、あとで考えることにして、歩いて街まで出るしかない。

来た道を引き返そうかと思ったが、同じ風景のなかをかなりの距離走ってきた。そのあいだには、なにもなかった。それならいっそ先に進んでみるほうが、まだマシな気がした。

車に一度もどり、大切な荷物だけ手にして歩き出した。

「だいじょうぶ、だいじょうぶ」

自分に言い聞かせながら歩いた。

ジェット機が、また頭上を通り過ぎていった。

静寂がもどると、草むらの奥から地虫の鳴き声が聞こえてくる。にぎやかだったアブラゼミの声がヒグラシに替わった。

歩き出して二十分くらいたっただろうか、ゆるやかなカーブにさしかかった。カーブを抜けると、ぽつんとそこだけ開けた土地が見えた。草がきれいに刈り取られ、白い柵で囲まれている。柵のなかには、何本か木が生えていた。敷地の奥には小さな物置小屋のようなものもあった。

その場所にたどり着き、白い柵越しになかをのぞいた。入り口らしきドアの先に、レンガの小径が敷かれ、小径をまたぐようにして黒いアーチが立っている。アーチには緑のツルが巻き付き、ピンク色の花が群れるように咲いていた。どうやらバラのようだ。

「あっ」とそのとき声を上げた。

アーチの向こうに、見覚えのある木があった。

葉っぱはハート形をしている。そのひょろりとした桑の木のまわりに、まるで護衛でもするように、背の低い木が何本も生えていた。こっちは小さな手のひらのような葉っぱ。数えると十八本あった。柵に両足をかけ、背伸びをして目をこらすと、その木には、赤い実がたくさん生っていた。ビー玉のような透明に近い小さな赤い実だった。どの木にも鈴なりに実っている。

わたしは、その赤い実を生まれてはじめて見た。でもそれが『レッドカーラント』と呼ばれる『赤すぐり』の実だということは、すぐに気づいた。

わたしの名前の由来となった赤い実――。

そして、その木をだれがこの土地に植え、育てているのかもわかった。

手作りのドアを勝手に開けてなかに入ってみた。レンガの小径の先には青く繁った芝生があり、薄オレンジ色のタイルが敷かれ、テラスのようになっている。白い鋳物のテーブルと、なぜか一脚だけ椅子が置いてあった。

わたしはその椅子に腰かけた。

――あの人は、いったいここでなにをしているのだろう。

どれくらい、そこにいただろうか。

低い山の稜線に、夕日が引っかかるようにして沈みかけていた。赤すぐりの実が揺れ、雑木林と野原の草木が風にざわざわと騒いだ。

車のエンジンの音が聞こえたような気がして、耳を澄ました。

歩いてきたゆるやかなカーブのほうに視線を送ると、スモールライトを点灯した白い軽トラックが、ゆっくりと近づいてくるのが見えた。

解説——はらだみずきにしか描けない作品

書店員　児玉憲宗《こだまけんそう》

Y氏からゲラが届いた。

彼は、ある出版社の営業マンとして、私が働く書店にも何度か訪れたことがあった。のちに、別の出版社に転職し、編集の仕事にも関わるようになったと聞いた。ずいぶん長い間、会っていないが、節目節目に連絡を取り合ってきた仲だ。

ある日、そのY氏から「ぜひ、読んでほしい小説がある。感想を聞かせてほしい」と連絡がはいり、送られてきたのが、『サッカーボーイズ　再会のグラウンド』と題された小説のゲラで、作者は「はらだみずき」という聞いたことがない名前だった。

『サッカーボーイズ　再会のグラウンド』は、ジュニアサッカーチームに所属する子どもらの挫折《ざせつ》や友情を描いたサッカー小説だった。彼らが、サッカーを通じて、プレイも、そして人としても成長していく姿が描かれている。練習や試合における描写は生半可《なまはんか》なサッカーの知識では描けるはずがないものだった。この作家には間違いなく、専門的なサッカーの知識と、それを表現できる筆力があった。

この小説の真骨頂《しんこっちょう》は、主人公の少年だけでなく、ライバル、チームメイト以外の仲間、指導者、家族など、まわりの人たちのことを丁寧《ていねい》に描いているところにある。だからこそ、彼らも取り巻くコーチや家族らの心情も赤裸々《せきらら》に描いた「子どもと大人の成長小説」ができあがった。

とても無名の作家による作品に思えない。ジュニアサッカーに対する深い知識と経験、そして筆力の両方を兼《か》ね備えた日本で唯一の書き手と信じて疑わなかった。


読み終わるやいなや、Y氏に感謝の気持ちを込めて感想を伝えた。

そして、尋《たず》ねた。ところで「はらだみずき」って誰ですか？　何者ですか？

「実は、僕が書いたんです」

Y氏からの返事だった。

やがて、はらだみずきのデビュー作『サッカーボーイズ　再会のグラウンド』は全国の書店に並ぶ日を迎え、登場人物が成長し続ける続編が刊行されるベストセラーとなった。文庫化され、少年向けのジュニア版としても刊行された。あの時の直感に間違いは無かったのだ。

前置きが長くなったことをお許し願いたい。解説を書くにあたり、どうしてもはらだみずき作品との出合いを書いておきたかった。

刊行したばかりの『たとえば、すぐりとおれの恋』を手にとり、「何も、はらだみずきがラブストーリーを書かなくても……。はらだみずきは、はらだみずきにしか描けないものを書けば良いのに」と思ったことを、まずは白状しておく。

冒頭から、すぐりと草介が互いに好意を抱きながらもなかなか理解し合えず、しっくりいっていないことはわかった。この小説は、以降、すれ違い、ボタンの掛け違いの連続である。命名したい。これは、「すれ違い小説」「ボタンの掛け違い小説」である。ゆえに、なんとももどかしく、なんともせつない。二人とも、とても不器用なのである。だけど、この二人はなぜか憎めない。純粋というか誠実というか。なんとかうまくいけばいいのにと、応援する気持ちとともにページをめくる手に力が入る。いつの間にか、すっかり物語に気持ちが入り込んでいる。

書名は、『たとえば、すぐりとおれの恋』だが、物語は、すぐりの一人称で始まった。ひとりっ子でおばあちゃん子、平凡だけど温かな家族に囲まれて育ち、子供の頃からの夢をかなえ、保育士として働いている。

地元のケーブルテレビの営業をしている草介と交際しているが、草介は、自分は営業に向いていないと悩んでいる。なんだかうまくいっていない空気が、二人の関係にも漂っている。

物語は、すぐりが草介と初めて会ったとき、すぐりが初めて異性を意識するようになった小学五年生のとき、初めて好きな人ができた中学生のとき……というようにしばしば過去にさかのぼる。これによって生じる、ゆるやかな流れはやけに心地よい。それは、草介の一人称に変わっても同じだ。小学校低学年ではじめてタイヤ交換をしたとき、異性への苦手意識が芽生《めば》えた小学四年のとき……。その後も何度も、過去を振り返るエピソードが挿《はさ》みこまれる。やがて、それは物語の流れをゆるやかにするだけでなく、もっと重要な意味を持っていることに気がつくのではあるが。

「もっとこの人を知りたい」

草介のことなら、何でも知りたいと思うすぐり。草介の両親や家族を知ることが草介を深く知ることにつながると思い、いろいろと聞きたがる。一方、草介は家族とは訣別《けつべつ》し、父はもう探さない、弟とは会わない、母には世話にならない、と心に決めている。幸福な過去や、語るべき家族がいない者として多くを語りたくないのである。

二人の思いは、さらにすれ違う。草介は、人と人の関係は、ある程度距離を置くほうがいいと思っている。過去の失敗や嫌な思い出がその結論へと導いた。その距離感ですぐりは何度も悩むことになる。すぐりは草介との距離を縮めようとし、そのために、あきらめず草介の過去を聞き出そうとする。そして、草介は忽然《こつぜん》と消えるのである。

すぐりと草介の一人称が交互に繰り返される展開は、二人の思いのすれ違いぶりを際立たせる意味で実に効果的だ。

そして、互いの過去を振り返るエピソードは、今の思いが家族や過去のさまざまな出来事によって形成されていることを浮き彫《ぼ》りにする。

この二つの手法は、物語に独特の流れをつくるばかりか心の襞《ひだ》まで描ききる。

読みながらふと思った。かみ合わないのは、けっしてすぐりと草介に限ったことではない。人は誰も皆、まったく違う環境で生まれ、育ち、まったく違う家族を持ち、生きてきたのだから、かみ合うことの方が奇跡的なのだ。まったく別々の環境で、まったく違う家族とともに生きてきた人と人が出会い、そして新しい家族をつくる。すぐりの両親も、草介の両親も、そうして家族になっていったに違いない。

この作品は恋愛小説という枠に留まらず、すれ違い、ボタンのかけ違いを繰り返しながらも一つの家族へと向かう家族小説でもあった。

さて、それにしても気がかりなのは、すぐりと草介の行方《ゆくえ》である。私は最初から二人を応援しているのだから。祈りにも似た思いを込めてめくるページの残りも次第《しだい》に減っていく。

人との関係に臆病《おくびょう》になっていた草介の気持ちを和《なご》ませる〝スキ〟がすぐりにはあった。すぐりの微妙な〝ゆるさ〟が、次第に、草介の閉ざされた心の壁を溶かしていった。家族との関係も少しは修復されてきたようだ。

ボタンはひとつひとつ正しい穴に近づいていく。

そして最後の一ページ。

私が、『たとえば、すぐりとおれの恋』を手にとった時に「はらだみずきは、はらだみずきにしか描けないものを書けば良いのに」と発した言葉は撤回《てっかい》しなければならない。『たとえば、すぐりとおれの恋』こそ、はらだみずきにしか描けない作品だった。

（この作品は平成二十四年九月、小社より四六判『たとえば、すぐりとおれの恋』として刊行されたものです）

たとえば、すぐりとおれの恋

一〇〇字書評

切り取り線

購買動機（新聞、雑誌名を記入するか、あるいは○をつけてください）

□（　　　　　　　　　　　　　　　　　　）の広告を見て
□（　　　　　　　　　　　　　　　　　　）の書評を見て
□ 知人のすすめで　　　　　　　□ タイトルに惹かれて
□ カバーが良かったから　　　　□ 内容が面白そうだから
□ 好きな作家だから　　　　　　□ 好きな分野の本だから

・最近、最も感銘を受けた作品名をお書き下さい

・あなたのお好きな作家名をお書き下さい

・その他、ご要望がありましたらお書き下さい

住所	〒				
氏名		職業		年齢	
Eメール	※携帯には配信できません	新刊情報等のメール配信を 希望する・しない			

この本の感想を、編集部までお寄せいただけたらありがたく存じます。今後の企画の参考にさせていただきます。Eメールでも結構です。

いただいた「一〇〇字書評」は、新聞・雑誌等に紹介させていただくことがあります。その場合はお礼として特製図書カードを差し上げます。

前ページの原稿用紙に書評をお書きの上、切り取り、左記までお送り下さい。宛先の住所は不要です。

なお、ご記入いただいたお名前、ご住所等は、書評紹介の事前了解、謝礼のお届けのためだけに利用し、そのほかの目的のために利用することはありません。

〒一〇一-八七〇一
祥伝社文庫編集長　坂口芳和
電話　〇三（三二六五）二〇八〇

祥伝社ホームページの「ブックレビュー」からも、書き込めます。
http://www.shodensha.co.jp/bookreview/